Hanspeter und Karin Eisenhut

Seelengeschichten

Frühjahr 2007
© by Hanspeter und Karin Eisenhut
Alle Rechte vorbehalten. Tel. +34 669 420 862
Satz und Layout: Martin S. Siegrist, ms3@gmx.ch
Titelbild: Karin Eisenhut
Umschlaggestaltung: Martin S. Siegrist
Herstellung und Verlag: Books on Demand GmbH,
Norderstedt
ISBN: 978-3-8334-9207-5

Seelengeschichten

Ein Gemeinschaftswerk von Hanspeter und Karin Eisenhut.

Die meisten Texte hat Hanspeter geschrieben. Karins Texte sind als solche gekennzeichnet.

Widmung

Dieses Buch ist unseren Kindern und unserem Patenkind gewidmet, die noch nicht erwachsen waren als wir nach La Palma auswanderten. Es ist auch allen Menschen gewidmet, die durch ihre Herzenswärme die Welt erhellten. Ganz besonders ist es aber jenen Menschen gewidmet, die sich selbständig aus ihrem Herzen heraus aufmachen, um Gott zu suchen. Auch allen jenen sei gedankt, die tatkräftig, in welcher Form auch immer, bei der Entstehung dieses Buches mitgeholfen haben.

Vorwort

Dieses Buch soll den Menschen zeigen, dass es wichtig ist, all die göttlichen Dinge verstehen zu lernen, um auf ein höheres Bewusstsein, wissen wer man im Ursprung selber ist, zu gelangen.

Es ist auch eine Absage an den Glauben, dass die

irdischen Dinge und Güter das Zentrum unseres Denkens und Strebens seien.

Gott allein weiss wie lange und wie breit wir wohnen auf dieser Erde. Ob wir uns wohl aufmachen, Ihn zu suchen und ob wir Ihn wohl finden mögen, denn wahrlich, er ist nah!

Auf dem Weg Gott zu suchen bin ich auf ein paar alte Weisheiten gestossen.

Durch diese wurde es mir erleichtert, viele Krankheiten zu verstehen.

Jeder Mensch trägt mit seinen zwei Händen Etiketten mit sich, die über Folgendes Auskunft geben: Wo die Heimat seiner Gefühle ist, was sein Auftrag oder seine Arbeit ist, und welches die Probleme und Versäumnisse sind, an denen er arbeiten sollte.

Es gibt mindestens zwei Schlüssel diesen Lernauftrag zu erkennen:

Das Hinhören auf das Herz und die inneren Gefühle, um Gutes zu tun und zu lernen und die „neue göttliche Handlesekunst", die ich als Geschenk bekommen habe.

Einleitung

La Palma ist in unserem Fall der geheime Treffpunkt. Ort und Zeit, sowie das Zusammentreffen verschiedener Talente, haben es ermöglicht, dieses Buch zu schreiben.

Die Möglichkeit jedes einzelnen Menschen an sich zu spüren, dass man eine seelische Vergangenheit hat und so auch eine Zukunft dienen nur dazu, Gott zu erkennen. Ganz egal, was in der Vergangenheit der

Seelen passierte und uns auch im aktuellen Leben noch stören kann, dies ist nur ein Zeichen, sich mit Gottes Seelenwerk zu befassen.

Aus eigener Erfahrung weiss ich, dass jeder Mensch für sein eigenes Seelenheil selber verantwortlich ist. Ich weiss auch, dass sogar die Dinge unserer Vorinkarnationen von uns erledigt werden sollten.

Jeder Mensch auf dieser Erde ist ein lebender, der die Fehler und Versäumnisse seiner Vorzeit abarbeiten sollte. Aufgeschoben ist nicht aufgehoben. Ganz falsch ist es zu glauben, mit dem körperlichen Tod wäre alles erledigt.

Träume mit „ freiem Fall „ oder der „ grosse leere Traum" oder „ist in der Dunkelheit denn keiner da? „ Dies sind Zeichen, dass man meint, nach dem Tod sei alles vorbei.

ERKLÄRUNG

Zusammen mit meiner Frau habe ich Energiemassage gelernt und dabei festgestellt, dass ich ein sehender Mensch bin. Das heisst, ich durfte bei den Sitzungen, als ich massiert wurde, in das Reisegepäck meiner Seele hineinschauen.

Da gab es zuerst das Gepäck aus dem jetzigem Leben, darunter kam dann das Gepäck der Vorinkarnationen zum Vorschein, alle diese Gepäckstücke, voll mit Leid, Schmerz, Liebe, Sehnsucht und altem Wissen, sind in den Zellen eingelagert. Den Duft des Gepäcks nimmt man aber schon beim Vorbeiziehen an einem Menschen wahr durch seine Aura.

Diese Gefühle, die im Körper an ganz speziellen

Stellen eingelagert sind, können eine Quelle der Erneuerung sein oder auch zu Krankheiten führen, wenn sie nicht sortiert und verarbeitet werden durch Reue und Dank.

Als ich die Marmortreppe hochgestiegen bin, durchwanderte ich meine Vergangenheit der Seelen.

Die Seelen, Gottes Licht und Gottes Geist nehmen das Gepäck das im Leben steht, wieder mit, wenn Sie gehen und es entsteht ein Präsentationskoffer der Gefühle aller Inkarnationen mit absoluter Einzigartigkeit.

Jedes Gefühl, das einen Menschen begegnet, sei es im täglichen Leben oder aus der Vergangenheit, wird bei jedem Menschen anders verarbeitet oder bewertet.

Wenn ich jemand massiere und Gefühle werden aus der Zellerinnerung sichtbar, so entsteht also ein anderes Bild als der Massierte haben kann oder wenn ein anderer massiert.

Das Lernprogramm für die Seele aus meinen vier gesehenen Inkarnationen ist sehr intensiv und hart.

In der Zeit zurück war ich zuerst der Medizinmann.

Aus Eigennutz habe ich einen Menschen in den Tod geführt und wurde auf dem Feuer gegrillt und gegessen.

Als Samurai habe ich trotz starken Pflichtbewusstseins meinen Meister nicht retten können und mich selber entleibt.

Als Indianermädchen kam ich mit der Sexualität und der Männerwelt nicht zugange.

Als jüngste Inkarnation und Oasenfrau habe ich nur Glück empfunden wenn ich geben konnte.

All die Aspekte meiner Vorzeit finden sich verarbeitet real oder als Spiegelbild wieder in meiner Gefühlswelt in aktuellem Leben.

Mein Lebensgärtlein

Ich hatte ein sehr gefühlvoll eingerichtetes Gärtlein. Es standen Sonnenblumen, Mitgefühlsnelken, Stechäpfelchen, das Meiste hatte ich ausgesät, vieles gedieh sehr gut, anderes vertrocknete wieder. Rühr–mich-nicht-an hätte ich gern gepflanzt, aber die vermehren sich zu schnell. Die Frohmutstanne und andere wärmeliebende Pflanzen waren im sonnigen Gartenteil. Von der Grossmutter erbte ich den Zärtlichkeitsstrauch. Überall pflanzte ich Glücksklee, der gut anging, ausser im unteren Gartenteil. Unter der Depressionsfichte, obwohl kleinwüchsig, pflanzte ich einen Hassbaum, den habe ich vom Vater bekommen, darunter verwelkte der Glücksklee. Es war wohl zu kühl. In diesem Gartenteil lag auch zu lange Nebel. Mein grösster Stolz war allerdings die Liebevergebungsranke oder auch Karinranke, es war ein Geschenkstück. Eines Tages rankte sie den Hassbaum fast zu, um ihre ganze Pracht zu entfalten. Auf einer Wüstenwanderung entdeckte ich eine Wüstenblume oder Corneliablume, davon hatte ich schon geträumt. Diese wollte ich gleich ausgraben und mitnehmen, sie würde gut ins Gärtlein passen. Doch obwohl sie zerbrechlich aussah, so hatte sie sich fest auf ihrem Grund verankert. Ich sah ein, dass so etwas eingeht, würde es verpflanzt.

Ein ganzes Jahr war ich nicht mehr dort, aber dann habe ich versucht, mit grossen Steinen den Wüstenwind abzuhalten, ich zog noch ein paar Gräben zu ihr hin, damit das rare Regenwasser seinen Weg findet. Zuhause hackte ich endlich diesen Hassbaum weg, damit meine Liebevergebungsranke endlich Platz hatte.

Nun zog auch der grosse Brülllöwe aus, nur die kleinen Katzen blieben:

Hanspeter Eisenhut
alias Juan Pedro

Die Oasenfrau:

sie ist das Seelenheil

Ich lebte als schöne Frau in einem weiten flachen Tal. Hier standen viele Fruchtbäume, auch sehr viele kleinwüchsige Olivenbäume. In einer Senke nach Süden gab es eine Mulde, in der standen einige grosse Bäume.

Es war Hochsommer, früh schon blinzelte die Sonne über den Horizont. Das war mein Hochzeitstag. Ich wusste nicht wie mein Mann, der mich gekauft hatte, aussah. Plötzlich ritten fünf schwarz gekleidete Männer auf feurigen Pferden aus dem Sonnenschein auf meinen Begleiter aus der Familie zu. Der Wildeste schwang seinen Krummsäbel, packte mich, schwang mich hinter sich auf sein Pferd und ritt sofort weg. In einer kleinen Oase warf er mich in den Sand. Einige Häuser mit Bogenkuppeln schienen im Sand versunken zu sein. Irgendwie wusste ich, dass ich hier bleiben würde. Ich bekam ein schwarzes Tuchkleid, unter dem ich nie etwas anhatte. Ich wollte auf keinen Fall ausbrechen.

Ich streichelte diesen wilden feurigen Mann, und wir liebten uns so oft es möglich war.

Wenn er mit den anderen Männern ausritt, habe ich die Hühner gefüttert, Hirse gesiebt und Datteln geerntet. Mein liebster Platz war ein länglicher Tümpel. An seinem Ufer waren Dattelpalmen und Wein gepflanzt. Wenn mein Mann, er war mein Mann auch ohne Heiratszeremoniell, die Düne herunterritt, waren meine Brüste sofort prall und heiss, Wir gingen dann sofort in unsere Kuppel und vergnügten uns. Wenn ein Sandsturm wehte, konnte er nie ausreiten und so verkrochen wir uns in das Kuppelhaus und hatten es schön. Manchmal neckte ich ihn, warf bei jungen Palmen Sand in die Luft und sagte:" Sieh mal, ein Sandsturm!" Er wusste dann sofort, was zu tun war. Ich habe meinen Mann geliebt.

Eines Tages kamen nur die anderen vier mit gesenkten Köpfen ganz langsam die Düne heruntergeritten. „Dein Mann wurde erschlagen", seufzten sie und weinten ganz erbärmlich.

Ein Jahr lang habe ich getrauert. Dann habe ich alle mal wieder in mein Rollkleid einsteigen lassen und verwöhnt. Eines Tages war ein Engländer in der Oase, der suchte nach Drachenbäumen. Ihn habe ich auch eingewickelt. Irgendwie wusste ich, dass er so etwas noch nie erleben durfte.

Ich wollte weinen, aber ich habe es verdrängt. Ich habe alle Männer in jenem Leben nur schön befriedigt. Ich war so stolz wenn sie mich begehrten und meine Brüste waren warm und straff. Jedoch hatte ich nie einen Orgasmus, und das hat mir sehr gefehlt.

Dann wurde es sehr unruhig in der Oase. Militärfahrzeuge kamen. Ein deutscher Offizier schrie alle Leute zu sich. Es wurde getreten und geschlagen.

Ich habe auch diesen Mann an mich herangelassen. Danach hatten es unsere Leute besser. Als dann eines Tages die Alarmsirene aufheulte, fuhren alle weg. Mich haben sie in seinen Klettermaxen gezerrt. Ausser Sichtweite der Oase hat er mir in den Hinterkopf geschossen, danach mich mit einem Seil zum Tümpel geschleppt. Es wurde sehr ruhig.

Eines Tages sah ich einen Krebs im kühlen Wasser. Du hast es gut, ich war immer zu heiss. Plötzlich sah ich meine gebleichten Gebeine. Jemand schlug ein schnurgebundenes Pfahlkreuz ein.

Denselben Krebs habe ich dann unter der Seebachbrücke in Nussbaumen wieder entdeckt. Danach habe ich Dich, liebe Karin, aus der Jugend entführt.
Hanspeter

Das Indianermädchen:

sie ist das Licht

Ich lebte bei Vater und Mutter in einem Wigwam. Mutter war eine funkelnde Schönheit mit leuchtenden Augen. Vater war ein weisshaariger älterer Mann. Er war Häuptling und sehr weise. Er hat über alles lachen können. Schon als kleines Mädchen habe ich geblinzelt wenn Mama den Papa bestiegen hat. Vater ist immer auf dem Rücken geblieben, Mutter hat sich bei ihm bedienen dürfen. Hinterher ging Mutter etwas essen, um nachher nochmals aufzusteigen. Dann hat sie Vater voll und ganz befriedigt. Einmal rief Papa:" Kommst du noch mal?", da bin ich gekommen und habe es so wie Mutter gemacht; das Gesicht abgewandt, Beine eingeschlauft. Ich habe mich befriedigt- es war so schön. Als Mutter herein kam, hat sie nur den Finger auf die Lippen gelegt und leise gesagt:" Macht es schön und macht es fertig." Von da an war ich immer nach der Mutter dran. Vater hat mich aber ernsthaft aufgefordert, es mit den Jungens auch zu versuchen. Einmal ist mir ein feuriger junger Mann nachgestiegen. Damals wusste ich nicht, dass es mein Halbbruder war. Er legte seine Lanze und sein Beil bei der Tanne ab und kam die Böschung herunter zu mir. Ich habe ihm gesagt, dass ich ihn sehr mag. Ich sagte ihm auch, dass er mit mir spielen darf, aber ich möchte bestimmen wie. Erst war er sehr zärtlich, doch plötzlich hat er mich heftig nehmen wollen, es hat sehr geschmerzt. Ich habe mit den Fersen gestampft und wollte wegkriechen. Der Speer kam die Böschung herunter und hat ihn ganz unglücklich an der Achsel verletzt. Es wurde warm von seinem Blut. Er ist auf mir gestorben. Ich habe mich am Bach gewaschen und wollte keinen fremden Mann mehr haben. Einige Tage später, als ich im Wald gebetet habe, nahmen mich die fremden Soldaten, die unser Land überfallen hatten, gefangen. Sie haben mich in ein Blockhaus eingesperrt. Zuerst nahm mich der, bei dem ich eingesperrt war. Dann hat mir jeder der Gruppe grosse Schmerzen zugefügt. Irgendwann konnte ich entfliehen. Ich bin in unser Zeltlager gelaufen. Es waren aber alle Leute meines Stammes hingemetzelt und liegengelassen worden. Ich habe ein Messer gefunden und bin in das Lager meiner Peiniger eingeschlichen. Allen, die mir etwas angetan hatten, schnitt ich die Kehle durch, dann bin ich geflüchtet, um mich vom Leben zu trennen. Auf einem Hügel habe ich mein Gebettuch ausgebreitet und um einen letzten Weg gebeten. Mit einem Messer schnitt ich beide Unterarme auf. Es wurde warm um meine Hüfte.

Ich entschwand aus dem Leben.

Hanspeter

Der Samurai:

er ist die Wahrheit

Ich war ein junger Samurai. Ich habe gedient und gelernt. Ich war der beste Bogenschütze. Ich lebte in einem Lehen, das ist ein kleines Schlösschen mit ein paar Häusern und einem Innenhof mit einer grossen Türe zu den Ländereien. Einmal wurden wir im Morgengrauen überfallen. Ich hatte mich gerade gebadet, wie das in dieser Kultur üblich war. Schnell schlüpfte ich in meine Kleider, als ich auf dem Innenhof ankam, waren die drei Samurai, die Wache standen, erschlagen. Die Fusssoldaten flüchteten. Ich rief:" Schliesst das Tor!"

Die zwei Banditen, die über das Dach fliehen wollten, um sich zu retten oder das Tor wieder zu öffnen, habe ich mit gezielten Pfeilschüssen an die Dachpfosten geheftet. Nun wusste man um meine Treffsicherheit und die restlichen 26 Banditen waren wie gelähmt, als ich sie mit gespanntem Bogen in Schach hielt. Obwohl das Blut vom Schwertstreich, den ich beim Zielen erhalten hatte, durch die Kleider floss, machte ich mir keine Sorgen. Ich rief sehr laut nach den Fusssoldaten. Sie öffneten von aussen das Tor, fesselten die Banditen und führten sie einzeln ab. Keiner hatte sich gewehrt. Alle wurden sicher eingesperrt.

Der Lehnsherr war tot, auch alle Hausdiener waren erschlagen. Ich konnte nichts mehr für meinen Meister tun. Wir haben alle Toten begraben und für sie gebetet.

Dann wurde Gericht gehalten. Für alle Eindringlinge gab es die Todesstrafe durch Enthaupten. Ich habe mich freiwillig als ihr Kaishaku gemeldet. Nachdem alle gebetet hatten, um sich auf den Tod vorzubereiten, schlug ich allen 26 Männern den Kopf ab.

Jeden Tag ging ich an das Grab des Meisters und habe für eine gute letzte Reise gebetet. Am Jahrestag seines Todes habe ich mich nach altem Ritual und Gebet selber entleibt.

Ich war nur traurig, meinen Herrn nicht gerettet zu haben.

Meine eigene Todesstunde hat mich nicht berührt.

Hanspeter

Der Medizinmann:
er ist die Kraft

Ich war ein dunkelhäutiger Medizinmann in einem warmen fruchtbaren Land. Ich habe böse Geister aus den Leuten entlassen. Bei Hochzeiten warf ich aus einer Tasse Asche und Knöchelchen in den weissen Sand, um daraus den Eheverlauf zu lesen. Wenn Ehepaare Hilfe brauchten, weil es im Beischlaf nicht so gut lief, bat man mich als Medizinmann um Hilfe. Ich stieg auch mit der Frau ins Lager, um zu zeigen wie es besser geht. Einmal hatte ich ein Auge auf eine Frau geworfen, weil sie sagte:" Mein Mann kann das nicht so gut wie Du es machst." Als Beratungsgeschenk mussten sie einen Hahn und eine Henne bringen.

Auf meinem Kultplatz, in der Höhe über dem Dorf beim Felssturz, habe ich dem Hahn die Kehle aufgeschnitten, um zu sehen welchen Weg er mit dem Blut geht. Der Hahn landete in der Schlucht auf einem grossen Stein. Hier fand man später den Mann aufgeschlagen und Tot. Die Henne habe ich etwas bestiegen. Von da ab schlich sich die Frau häufig in mein Lager und wir vergnügten uns.

Die Frau hatte ihren Ehemann in die Schlucht gestossen als er ihr nachspionierte. Danach verliess sie das Dorf und ging zu einem anderen Medizinmann.

Eines Tages, als ich vom Kultplatz zur Siedlung abstieg, haben die drei Brüder des Verstorbenen mir mit Äxten aufgelauert und mich von hinten erschlagen.

Ich wurde gegrillt und der ganze Stamm hat mich aufgegessen, damit meine Kräfte unter den Leuten verteilt wurden.

Mein Schrumpfkopf hängt beim ältesten Bruder des Toten, der durch meine schwarze Magie ums Leben kam.

Am Eingangspfosten sieht jeder wie klein der böse Medizinmann geworden ist.

Dieser Stamm hatte seitdem keinen Medizinmann mehr.

Hanspeter

Die Treppe

Ich sah eine freundliche Marmortreppe. Es war sehr angenehm hell und warm.

Ich stieg bedächtig diese Treppe hoch. Neben der Treppe standen einzeln freundliche Leute, die nur den Kopf verbeugt hatten. Oben auf der Treppe waren vier runde Säulen. Bei jeder Säule wartete ungeduldig einer meiner vier Vorinkarnationsleute. Der Medizinmann, der die Kraft ist. Der Samurai, der die Wahrheit ist. Das Indianermädchen, die das Licht ist. Und die schöne Oasenfrau. Sie erwärmt mich über alles, sie ist das Seelenheil.

Auf einem ebenen Weg gingen wir alle fünf würdevoll voran, um Gott unsere Geschichte und die Gleichnisse zu präsentieren.

Da Gott in jedem Menschen wohnt, ist es auch eine Geschichte an die Menschheit.

Es ist Erntedankfest. Gott langweilt sich.
Jeder kann seine Geschichte präsentieren.
Man hat nicht zu müssen, jeder darf wollen.

Hanspeter

Die Bonsaianer

In einem fernen Land lebte in grauer Vorzeit ein Mann. Er war sehr weise aber er hatte lahme Beine, und er konnte darum nirgends hingehen.

Die Leute, die ihn besuchten und etwas wissen wollten, hatten von seiner Leidenschaft gehört, krumme und geschundene Bäumchen zu pflegen, und deshalb solches Pflanzgut zum Besuch mitgebracht. Jeder der bei ihm war, hatte ein Entzücken an der Vielfalt und der Gestaltung seiner Bäumchen in den Töpfen. Die Augen des Mannes funkelten, wenn kleine Kinder ihn über den Grund der Sammlung befragten. Ich komme nirgendwo hin. Aber als kleines Kind war ich einmal im Korb in die Berge mitgenommen worden. All die kurios vom Wind und Feuer geschundenen Bäume gehen mir seitdem nicht mehr aus der Erinnerung. Nun habe ich solche Bäume gestaltet und die Erinnerung an diesen einen Tag ist immer wach geblieben. Das ist meine Meditation, wenn ich sie pflege und anschaue, vergesse ich die Zeit. Diese starke Meditation hat Gott gespürt. Er war immer mit dem Bonsaianer vereinigt. Er hat alle Schnitttechniken gesehen und daraufhin einen Seelenbonsaigarten angelegt. In Gottes Seelengarten standen so also eine sehr grosse Menge verschieden geformter Pflanzen. Es gab schreckhafte Topfpflanzen aus der Mimosengruppe. Sehr aufrecht und allzu stolz wachsende Eschen. Die Maulbeerbäume waren sehr pflegeleicht, denn ihr Holz ist sehr biegsam. Trauerweiden wollten immer nur hängen. Es gab sehr furchtsame Zitterespen und eine sehr grosse Anzahl verschiedenster anderer Topfpflanzen. Im Sommer standen die Topfpflanzen im Erdengarten. Geiztriebe wurden mehr oder weniger entfernt. Durch biegen wurden die einzelnen Äste geformt. Je nach Windrichtung wurden die Bäumchen auf natürliche Weise geformt. Gallen und Wucherungen wurden belassen oder entfernt. Eines hatten alle Bäumchen dieser Erde gemeinsam: Im jeweiligen Winter nach dem Blattfall wurden alle eingesammelt und in das Winterhaus geholt, um sich zu reinigen und gereinigt zu werden. Die Bäume hatten aber in der Winterruhe auch Zeit, unreifes oder altes Holz selber abzuwerfen, um sich auf den Frühling vorzubereiten.

Es gab aber immer Pflanzen, die lange nicht gefunden wurden und in der Kälte ausharren mussten. Im Winterhaus wurde jede Pflanze beurteilt, was für Fortschritte sie gemacht hatte, wie viel ihre Eigenart sie behalten durfte, und wo der neue Platz für sie sein sollte.

Es wurden auch jeden Winter neue handschriftliche Handetiketten angebracht, um bei einer Feldkontrolle rasch das Programm zu erkennen. Das Jahr des Lebens begann damals im Frühling, das Ende des Lebens kam nach dem Blattfall zum Ende des Herbstes. Die Ruhezeit war der Tod im Winter.

Da auf dieser Erde der Frühlingsbeginn sehr variabel ist, werden immer zu Topfpflanzen in den Erdengarten gebracht, um neu auszutreiben.

Auch das Hereinholen ins Winterhaus erstreckt sich über das ganze Jahr. Je nach dem Standort, den eine Topfpflanze neu bekam, musste sie länger oder nur kurz im Winterhaus sein. Die verlorenen Topfpflanzen, die schon unter der Kälte gelitten hatten, wurden in ruhigen Stunden ganz besonders liebevoll gepflegt und es wurde ihnen ein lieblicher neuer Platz zum Austreiben gegeben. Manchmal, wenn auch sehr selten, passierte es bei allzu aufrecht wachsenden Egobäumen oder Eselsbäumen, dass es fast unmöglich erschien, daraus einen schönen Bonsai zu formen. Diese wenigen wurden dann stark zurückgestutzt und ohne Topf wieder in den normalen Erdenwald gepflanzt, so ging kein Baum verloren. Auch die Technik, dass ein allzu einseitig belichteter Baum einfach gedreht wurde und die Schattenseite plötzlich im Licht stand, war sehr interessant.

Meistens wurde nach einem üppigen Standort ein rauer oder karger gewählt. Recht häufig passierte es, dass die Topfbäume vergessen hatten, dass sie wieder ins Winterhaus mussten und so trieben sie eine Wurzel aus dem Topf ins Erdreich darunter, sie wollten hier auf alle Zeiten bleiben und so vernachlässigten sie die Wurzelbildung im Topf.

Beim Einsammeln hatte Gott eine gute Schere dabei, um diese Pfahlwurzeln abzuschneiden.

Eine ordentliche Gruppe von Töpfen war wie ein Wäldchen angelegt, zwei und mehrere, zum Teil recht unterschiedliche Arten eng beieinander. Ob sie sich vertrugen oder konkurrierten und ob am Ende doch noch ein schönes Bild daraus entstehen würde, war neu für ihn und sehr interessant. Jeder Bonsai trägt seine Geschichte. Nach und nach wird aber aus allen Bäumen ein vollendeter Bonsai werden, sie müssen nicht mehr geformt werden und dürfen an einen lieblichen Ort.

Gottlos

Entfremdung von der Möglichkeit Gott zu suchen und zu finden.

Hektik, Stress, Zukunftsängste sind ein Schlüssel zur Verhinderung einer Annäherung an die Gotteswelt.

Elektrosmog, durch übermässige Allgegenwart zu vieler Elektrogeräte, vor allem aber Transformatoren und Fernseher, bewirken durch ihre tiefe Schwingung eine Schliessung der Chakren. Durch offene Chakren kann göttliche Liebe und Weisheit zu uns gelangen.

Auch schwere Gedanken im negativen Bereich bewirken Leid und derartige tiefe Schwingungen. So zum Beispiel auf der australischen Insel Tasmanien, in einer Gegend wo vor gut hundertfünfzig Jahren Tausende von Aborigines in den Tod springen mussten, gibt es feinfühlige Menschen, die ein Geräusch wahrnehmen, als ob da ein laufender Transformator stehen würde. Dort gibt es aber nirgends eine Stromleitung oder einen Transformator. Es sind die Schmerzensschwingungen der Verstorbenen, deren Seelen nicht aufsteigen können.

Meditatives Arbeiten ohne Motorenlärm und Hektik stählt einerseits den Willen, möglichst viel dieser technisierten Welt abzulegen, andrerseits habe ich viele gute Eingebungen bei solchen Arbeiten.

Es gibt nichts Besseres als einen ganzen Tag lang Früchte zu pflücken ohne gedanklich irgendwelche

Probleme zu wälzen. (gedankenfrei sein)

Es gibt schon sehr lange Menschen, die das erkannt haben, so zum Beispiel die Amischen (die Aufrechten), die auf ihren Landwirtschaftsgemeinschaften möglichst ohne Maschineneinsatz auskommen wollen, den ganzen Tag ein strahlendes Gesicht zeigen und sich von der Scholle ernähren.

Schattenspiele

Es gibt Einzelpersonen und auch Zentren, die mit dem Schatten arbeiten.

Luzifer ist der Schatten des Lichtes.

Schattenspiele sind sehr gefährlich. Es ist ihr Schwingungspotential im niederen Bereich, das bewirkt, dass jede dargestellte Symbolik noch mehr Dunkel produziert.

Traurig stimmende Bilder, wenn sie auch schön gestaltet sind, bewirken tiefe Schwingungen.

Bilder von Tieren mit gebrochenen Seelen stimmen sehr traurig und schwingen tief.

Tiefe Schwingungen ziehen noch mehr Dunkel an, solange, bis es nur noch Schatten gibt. Dann sind die Menschen willenlos, vorbereitet den dunklen Mächten zu dienen.

Es entstehen Albträume.

Wenn man so schwingt, ist man gut vorbereitet, um gleichschwingend dunkle Seelen aufzunehmen. Die fühlen sich dann gleich sehr wohl.

Es gibt nur einen Ausweg. Ziehe Dich aus dem Dunkel zurück und geh ans Licht. Wo Liebe ist, wo gesungen wird, wo gute Musik ist, sind die grossen Lichtberge. Das ist ein schönes Zuhause.

Die Daumenschraube

Wenn man sich in einer misslichen Lage befindet, zum Beispiel durch Drohungen oder Erpressungen gegängelt wird, sollte man sich eines in Erinnerung rufen: Dieses Leben ist nur ein Lernauftrag, es ist nur ein Spiel zwischen Licht und Dunkel, Ängste und Nöte zerfallen ins Nichts. Wer das Helle sucht, dem wird Licht gegeben. Wer das Dunkle sucht wird im Dunkel versinken, und darf später wieder einmal versuchen ans Licht zu kommen. Alle guten Dinge im Leben werden einem in Ruhe gegeben. Bei einer ruhigen, gelassenen Arbeit wird einem so viel Weisheit und Liebe gegeben. Alles, was man sich mit viel Aufwand und Not herholt, schwingt schwer und tief und zieht nach unten ins Dunkel. Die hellen und lockeren Gedanken schwingen hoch und bringen Licht.

Wie lange brauchst du um glücklich zu sein?

So lange, wie du brauchst, um Freude zu denken.

Wie lange brauchst du, um traurig zu sein?

So lange, wie du brauchst, um Schmerz zu denken.

Dunkle Gedanken wirken sich auf das Liebesleben aus. Als Mann mit dunklen Gedanken bekommt man diese Not und das Aufgestautsein.

Mit lieblichen Gedanken fällt es sehr viel leichter, sich mit dem Partner zu verständigen und Lösungen zu finden.

Frauen mit tiefen Schwingungen und dunklen Gedanken verlieren die Lust an Liebe und Sex, weil sie trocken werden.

Bei einem lieblichen Leben in Harmonie wird das wieder besser.

Meditieren

Das heisst, viel über nichts nachdenken. Die Zeiten am Tag spielen keine Rolle. Man kann es rhythmisch tun, zum Beispiel nach einem Essen Siesta, in Mexiko sagt man Fiesta, oder abends nach getaner Arbeit: eine Stunde den Wind zuhören, die Grillen zirpen lassen, im Dunkeln durch einen Baum die Sterne leuchten sehen, dem Meer zuhören, wie es rhythmisch anschlägt, im Garten wandeln ohne Gedanken an Arbeit oder Pflichten, im Wald spazieren und die Schöpfung bewundern, oder beim Gemüseputzen für ein gutes Essen. Auch bei gewissen Arbeiten kann man in einem meditativen Zustand durch die Zeit gehen. Diese Zeiten ohne Gedanken, Ängste, Nöte und Zwänge bewirken ein Ausleeren des schweren Geistes. Sie bewirken ein geistiges Auffüllen mit Gottes Liebe, Weisheit und Güte und geben sehr viel Kraft. Niemals darf man sich anstrengen oder wertvolle Zeit dafür verwenden, um eine gewisse Wertschöpfung zu erzielen. Es soll einfach geschehen, ohne Anstrengung. Auch wenn die Katze auf dem Schoss schnurrt kann man sich in den gleichen Zustand versetzen.

Cäcilia - Catarina

Zu beginn des Mittelalters waren wir ein Zwillingspaar, eine glich der anderen, wir waren sehr schön, wir liebten uns sehr und waren unzertrennlich.

Eines Tages wurde meine liebste Schwester vergewaltigt. Diesen Schmerz hat sie nicht ertragen. Sie war tieftraurig und ist ohne ein Wort zu sagen ins Wasser gegangen. Sie trug ein Kind unter dem Herzen, aber das wusste ich damals nicht.

Ich musste ohne sie weiterleben. Ich habe sie so sehr geliebt, dass ich ihre Seele in all die weiteren Leben mitgenommen und mitgetragen habe.

In diesem Leben wollte ich als Zwilling geboren werden, aber Cäcilia konnte nicht. Da wollte ich auch nicht, aber es war zu spät. Ich wurde als Einzelkind geboren, was von Cäcilia übrig blieb war ein Blutschwamm. Darüber konnte ich mich nur kurz freuen, er wurde wenige Monate später ausgebrannt. Von da an schrie meine Seele nur noch. (Man hatte mir mein Liebstes weggenommen!) Keiner hat mich verstanden und so habe ich immer weniger gefragt bis ich ganz schwieg und nur noch der Schmerz blieb. Den Arzt habe ich verflucht, er wollte ja meine Schwester töten, und so musste ich mit dieser Schuld leben.

Ich musste dreiundvierzig Jahre alt werden bis ich von dieser Schuld durch den Heiligen Geist erlöst wurde.

Drei Wochen später wurde mein lieber Mann durch denselben Heiligen Geist erlöst, der Mann, der mich fast das ganze Leben lang getragen hat und ich ihn.

Durch seine geläuterte Seele hat er als Werkzeug Gottes meine geliebte Schwester erlöst und der Heilige Geist hat mir die Bilder dazu geschenkt, um mein Leben besser zu verstehen.

Karin

Die Konsequenzen von Cäcilia und Catarina

Ich habe ihre Seele und die Seele ihres Kindes, das sie bei ihrem Tod unter dem Herzen trug, in all die weiteren Leben mitgenommen und mitgetragen. So was darf man nicht, es verstösst gegen das Kosmische Gesetz: jeder hat seinen freien Willen (keiner ist für seinen Nächsten verantwortlich.) Da ich Cäcilia mitgenommen, mitgetragen habe, und ihr Kind, hab ich sie daran gehindert, sich weiter zu entwickeln.

Ich habe in all den weiteren Leben meine ganze Liebe nur für sie beiseite geschafft. Diese Liebe fehlte dann für mich und meine Nächsten. Unbewusst wurde ich so für meine Umgebung ein ziemlich „komischer Vogel„. Drei Wesen in einem, mal war ich da, mal eben nicht „die anderen sollten auch mal etwas tun oder antworten„ sie konnten aber nicht weil sie ja tot waren und ich schlussendlich doch alleine war. Eine ziemlich schizophrene Sache.

Die Konsequenz war, dass ich ziemlich unerträglich für meine Umgebung war. Und so wurde ich in früheren Inkarnationen immer wieder von meinen Ehemännern hinterrücks umgebracht, wohl weil ich mich immer wieder abwandte und nie richtig da war. Das hat sie zur Weissglut gebracht.

Einmal wurde ich mit einer grossen Säge erschlagen, ein andermal mit einem Messer erstochen, ein andermal mit einem Beil erschlagen. Mein Rücken war voller solcher Zellgedächtnisse. Bei der Energiemassage (Rückführungen) habe ich oft furchtbar geschrieen, denn ich durchlebte diese Tode nochmals. Es tat entsetzlich weh, bis mich der süsse Kuss des Todes erlöste. Das Zellgedächtnis erinnerte mich daran und diese Gefühle und Bilder spürte ich. Und ich sah Stück für Stück, diese Gefühle und Bilder, in den Sitzungen. Oftmals war ich ziemlich verwirrt, was das zu bedeuten habe, bis eines Tages mein Mann durch ein göttliches Geschenk, das er erhalten hatte, die ganze Geschichte sah und mir erzählte. Das war sehr erlösend für mich.

In so einer Sitzung konnte mein Mann die Seele von Cäcilia erlösen. Sie konnte aufsteigen und kann jetzt ihre eigenen Wege gehen. Auch für mich war es einerseits erlösend, aber auch gewöhnungsbedürftig. Anfangs war da eine grosse Leere, so allein, so unendlich müde. Ich musste mich erst an diesen neuen Zustand gewöhnen.

Das war ja nicht immer so in diesem Leben. Da war ja vorher derselbe Mist, dasselbe Fehlprogramm; mich abwenden, nicht da sein, meine ganze Liebe für Cäcilia gebunkert. Das hat meinen geliebten Mann fast zur totalen Verzweiflung gebracht. Aber wahre Liebe scheitert nicht. Ich lebe noch! Auch ich litt darunter, unter diesem Mangel an Liebe für mich selbst, unter den Todesängsten, die ja in meinem Zellgedächtnis unerlöst eingelagert waren. Ich habe mich unbewusst vor dem Leben gefürchtet. Diese Angst glaubte ich verstecken zu müssen: Und so konnte sich meine Seele nicht mehr ausdrücken

–sie weinte und weinte „innerlich", die Nase lief und lief. Diesen Zustand kenne ich schon seit ich denken kann. „Putz mal deine Nase!" hiess es immer. Das empfand ich wie Prügel. Ich wurde sehr krank: Allergien –Asthma -Schüchternheit –Depression usw., bis ich total am Boden war und nur noch sterben wollte….

Aber an meiner Seite war und ist ein mich liebender Mann, der mich immer wieder aufgerichtet hat. Er hat mich getragen in all den Jahren und hat dafür oft nur Prügel von mir erhalten in meiner Verzweiflung, was mir heute unendlich Leid tut. Dafür bitte ich ihn um Vergebung.

Als ich so tief unten war und nur noch sterben wollte, habe ich angefangen an mir (meiner Seele) zu arbeiten. Es ist eine unsägliche Kleinarbeit. Viele gute Menschen haben mir dabei geholfen. Immer wieder gab es Rückschläge, immer wieder musste ich mich aufrappeln, immer wieder habe ich um Geist und Weisheit gebetet, bis Gott mich erhört hat, und ich mein höheres Selbst gefunden habe, und damit Erlösung.

Durch all dieses Leid habe ich viel gelernt und vieles erfahren, was ich Heute nicht missen möchte.

Es sei allen gedankt, die mir in diesen dunklen Stunden beigestanden haben.

Karin

Und das Kinderseelchen?

Ein knappes halbes Jahr später: Meine Monatsblutung wurde immer stärker. Was ist da los?

Als ich wieder mal in der Schweiz war, ging ich zu meiner Frauenärztin zur Abklärung. Es war eine Zyste, die verantwortlich für die starken Monatsblutungen war. Für mich sah es, auf dem Ultraschall wie eine beginnende Schwangerschaft aus, was es aber nicht war. „Was ist das nur für eine Energie", habe ich so Gedacht. Ich erinnerte mich daran, dass ich bei der ersten Schwangerschaft im dritten Monat einen Abgang hatte. Ich habe es damals einfach ignoriert, es durfte nicht sein, ich wollte es auch nicht verstehen.

Als ich wieder auf La Palma war, habe ich viel darüber nachgedacht. Wir haben darüber diskutiert. Ein Freund, der Geistheiler ist, war gerade zu Besuch und wir diskutierten über dieses Thema und kamen zu dem Schluss, dass da noch ein Kinderseelchen an meinem Rockzipfel hängen müsse.

Bald darauf ging ich zu ihm zu einer Sitzung und das Kinderseelchen wurde erlöst durch den Heiligen Geist. Für mich war es wie eine nochmalige geistige Geburt. Es hat mich zutiefst berührt. Am nächsten Tag war ich total müde und fertig, zu nichts zu gebrauchen, wie nach einer Geburt. Aber es war kein Kind da. Ein ungewöhnlicher Zustand. Ich musste mich erst geistig von diesem Kind trennen. Es annehmen und in Liebe gehen lassen. Mit meinem Mann zusammen konnte ich darüber weinen. Wir konnten uns gemeinsam von unserer

Tochter verabschieden und loslassen. Das hat viel Kraft gebraucht.

Karin

Transformation

Die Stammkneipe

Die Kumpels treffen sich allabendlich in ihrer Stammkneipe. Sie kommen meist sehr gestresst von ihrer Arbeit an und bestellen erstmal ein Bier zum Beruhigen und um die trockene Kehle zu befeuchten. Rüüüüülpps!!!

Das hat sooo gut getan.

Dann wird sich gegenseitig erzählt, was über den Tag so alles lief, über das Gute und über das Schlechte, es wird getröstet, es wird gelacht, es wird geweint, man ist ja eine grosse Familie; wenn einer mal kein Geld hat, so bezahlt halt ein Freund das Bier. Wenn einer traurig ist, so wird mitgetrauert, wenn einer Freude hat, so freut man sich mit, es ist ein gegenseitiges Tragen und Vergeben, ein ständiges Loslassen von Schuld und Leid.

Leider gibt's das heute fast nicht mehr,
muss das wohl wieder neu erfunden werden?

Karin

Die Grauen:

ist das Grauen

Es gibt Leute, die können einfach nicht ja oder nein sagen.

Die Jeinsager sind die Grauen.

Weiss und Schwarz gibt Grau.

Wer weder „ja" noch „nein" sagen kann, kann auch keinen freien Willen entwickeln. Wer nicht gerade stehen kann für seine Meinung, der ist wie ein Gummiball; alle spielen mit ihm. (Denn: Mit dem kann man es ja machen.)Wer will schon ein Spielball sein? Wohl niemand!!

Darum sagt was ihr wollt, damit dein Nächster weiss, woran er ist. Das macht vieles einfacher und viele Missverständnisse entstehen gar nicht erst. So wird das Leben von selbst harmonischer. Du wirst besser verstanden, und du fühlst dich auch verstanden.

Wenn Verständnis fliesst, können auch andere gute Dinge fliessen wie
LIEBE, WEISHEIT, MITGEFÜHL, usw.

Karin

Das Tal der Tränen

Jeder, der durch dieses Tal geht, ist allein. Niemand kann ihm diese Arbeit abnehmen! Wenn man Probleme hat oder gar an einer Krankheit leidet, spricht die Seele mit einem. Man hat die Krankheit so lange bis man mit der Seele gesprochen hat und dieses Problem aufgelöst hat.

Da hat man verschiedene Möglichkeiten, (anscheinend) aber doch nur eine; man muss sich mit dem eigenen innersten Ich auseinandersetzen; und das tut sehr weh, unendlich weh (anscheinend)! Viele versuchen es dann anders zu lösen und suchen im Aussen. Sie tanzen wie die Katze um den heissen Brei. Immer wenn sie versuchen, rein zu beissen, verbrennen sie sich die Schnauze, und das tut so weh! Wie mach ich mich bloss an den guten Brei ran?

Natürlich ist dann die ganze Umgebung an meinem Elend schuld, der Lebenspartner, die Kinder, die Eltern, der Arbeitskollege, der Chef usw. Es ist ja viel einfacher, Prügel zu verteilen, statt den eigenen Mist anzuschauen.

Aber es gibt einen Weg; geh in deine Mitte! Und das tut so weh!

Sich mit der Umgebung zu prügeln verschlimmert das Ganze und der Brei wird noch heisser. Also muss ich doch in mich gehen und lernen, mich zu lieben!

Das ist anfangs schwieriger als man denkt! Man hat ja alte Denkmuster („Tu das, tu jenes, warum hast du dieses und jenes vergessen oder unterlassen, und das solltest du noch erledigen usw.") Lauter Schuldvorwürfe, lauter Prügel für dich selbst. Das ist so blockierend, so destruktiv, das wirkt wiederum verwirrend. Ein einziger Teufelskreis und der Brei wird heisser und heisser! Die anderen sind schuld an meinem Elend. Es werden Vorwürfe und Gehässigkeiten aus Verzweiflung ausgesandt aber es kommt doppelt und dreifach zurück und der Brei wird heisser und heisser.

Was tue ich bloss, um da raus zukommen? Wie war das noch:" Ich muss lernen mich selbst zu akzeptieren so wie ich bin!" Aber wie? Ich muss nach innen gehen. Das tut so weh! Umarme dich selbst! Das tut schon mal nicht so weh.

„Setze dich vor den Spiegel und schaue dir in die Augen", hört sich leicht an, ist aber schon etwas schwieriger. (Ich soll dem eigenen Schweinehund in die Augen sehen?) Nein, das kann ich nicht! Also; nochmals sich umarmen und sich anlächeln und in die Augen sehen, - ging doch schon etwas leichter. Dies darf man immer wieder wiederholen und das Anlächeln wird immer freundlicher und leichter. (So ein schlechter Kerl bist du ja gar nicht!) Vielleicht gelingt es, das erste Mal über sich selbst zu lachen oder zu weinen. Das kann sooo... erlösend sein. Mit ehrlichen Tränen über sich selbst, wird mit der Zeit die Welt im Aussen etwas freundlicher, weil man über sich selbst lachen und weinen kann und man beginnt alles mit anderen Augen wahrzunehmen.

Das alles braucht viel Geduld. Langsam beginnt dein Leben leichter und lieblicher zu werden. Du schwingst einfach anders, und freundlichere Leute werden in dein Leben treten.

Deine Arbeit wird kreativer und erfüllender. Das wird dir die Kraft dazu geben, neue Leichen aus deinem Keller auszugraben, um alte Sachen aufzuarbeiten und wieder gut zu machen, dein Leben zu ordnen. Wiedergutmachung von alten Versäumnissen. Dir selbst zu vergeben, deiner selbst gerecht zu werden, lernen, wirklich deinem Herzen zu folgen, hemmungslos offen und ehrlich zu dir selbst zu sein, dich selbst zu hinterfragen. Das braucht viel Kraft, Mut und Demut. Den Mut zu haben, mit der eigenen Seele zu sprechen, ihr zu erlauben, sich durch den Körper auszudrücken, das hat auch Konsequenzen! Es kann sein, dass einem so übel wird, dass man sich übergeben muss (ich finde das Leben zum Kotzen) oder, dass man irre Kopfschmerzen bekommt (sich den Kopf zerbrechen) oder Durchfall (Reinigung, abwerfen von Ballast) oder tausend andere Dinge. Der Körper hat vielseitige Facetten, sich auszudrücken. Die einen nennen es Krankheiten oder schlechtes Empfinden, die anderen nennen es die Sprache der Seele.

Es ist die Sprache der Seele. Man muss nur lernen, diese Sprache zu verstehen, und es auch zuzulassen, wenn es sooo weh tut. Der Körper ist etwas Wunderbares. Unsere Seele, unser Geist, unser Bewusstsein und Unterbewusstsein können sich über ihn ausdrücken. Wir müssen nur lernen es zuzulassen, es fliessen zu lassen, es verstehen zu wollen.

In unserem Leben im Jetzt und Hier im materiellen Sein, haben wir so viele wunderbare Möglichkeiten uns auszudrücken. In unserem Sein!

Gottes Schöpfung hilft uns dabei in seinem (unseren) unendlichen Ausdrucksformen es zu verstehen, es fliessen zu lassen. Wir sollten es, wir sollten es wirklich hier (im jetzt) anpacken und nicht warten bis wir ins Jenseits übergetreten sind.

Da wird es viel, viel schwieriger, so etwas zu lösen. Da hat man keinen Körper mehr, keine Dinge mehr, es bleibt nur noch die nackte Seele und das nackte Bewusstsein. Hat man all seine Probleme immer nur vor sich her geschoben bis in den Tod hinein, so überrollt einen jetzt der ganz heisse Brei wie eine Lawine, sein ganzes Sein oder das gelebte nicht Sein und man sieht seine ganzen Versäumnisse vom Leben im Materiellen, man möchte es gut machen, bittere Tränen der Reue überfallen einen, man möchte es gutmachen, aber es geht nicht, man hat ja keinen Körper mehr, für die anderen ist man ja tot, nichts bleibt, das sind wahre Höllenqualen. Man tut gut daran, den eigenen Misthaufen aufzuräumen, in diesem Leben alles zu erledigen und in sich zu gehen, auch wenn es noch so weh tut. Also beisst hinein in den heissen Brei!

Karin

Keine freiwillige Selbsteinschränkung mehr

Vor allem als Kind wird man durch Eltern und Spielgefährten oder durch die Schule gegängelt. Es wird schnell jemand als eigensinnig, eigenwillig, kurz als schwer erziehbar eingestuft und muss dafür leiden. Könnte man als Kind mehr sich selber sein, mit allen Eigenarten, so könnte die Seele ihr altes Wissen oder die grossen ungelösten Probleme so zeigen, dass Beobachter (weise Leute) oder man selber eine Ahnung von der Stärke in einem oder dem Lehrprogramm bekäme. Ich sähe es gerne, wenn Kinder nicht die Spielzeuge bekämen, die einem die grosse Werbung nötig macht.

Sie sollten selber etwas basteln, bauen oder etwas auswählen dürfen. Spielzeug, das man selber hergestellt hat, gibt Aufschluss über das verborgene Wissen der Seele. Das ganze spätere Leben lang braucht man Spielzeug, als Ausdruck des inneren Ichs, oder man wird von der Werbung veranlasst, jede Anschaffung als nötig zu erachten und ist so ein blökendes Schaf in einer grossen Herde. Sich die einem unnatürlich erscheinende Teamfähigkeit in Abendkursen antrainieren zu lassen, heisst aus meiner Sicht, sich selber zum blökenden Schaf zu machen. Spätestens jetzt sollte man den Tiger oder Löwen in sich spüren. Wie viel Eigenständigkeit, Freiheit, Unabhängigkeit, Freude, Leid und Abwertung man sich im Leben erarbeitet, ist Ausdruck des inneren Kerns.

Wie man sich in der Jugend benimmt, was man selber unternimmt in freien Stunden, kurzum, alle Vorlieben oder Abneigungen sind die Sprache der Seele, um uns zu zeigen, was verarbeitet werden sollte. Alles was einem an sich selber oder an Kollegen stört, ist die gleiche Schwingung unerledigter Probleme aus der Vergangenheit im Aktenkoffer der eigenen Seele. Alles was einem an einer Person stört und beschäftigt, kann auch davon herrühren, dass man an sich mit viel Überwindung das gleiche Problem angegangen hat und zusehen muss wie die andere Person nicht an sich arbeitet oder dieses Problem verdrängt. Alles was einen an anderen hoch erfreut oder ehrenvoll erscheint, ist als erfolgreich erledigte Akten des eigenen Seelenkoffers zu verstehen. Daraus schöpfen wir Kraft. Nicht zu wissen, welche Lehre oder Berufsrichtung man gehen soll, ist ein Zeichen den richtigen Weg für das Seelenlernprogramm noch nicht gefunden zu haben. Vor der Lehre sollte man aus freien Stücken überall schnuppern dürfen, ohne die einengende Qualifikation der Schulzeit berücksichtigen zu müssen.

Als Wehrpflichtiger hat man dann ganz besonders viele neue Möglichkeiten, an dem zu schnuppern, was tief im Verborgenen so alles vorhanden ist:

Kraft, Ausdauer, Mut, Aufopferung, Brüderlichkeit, Wille, Führungskraft, Ordentlichkeit, Freude, Friede im Innern, Mutlosigkeit, Resignation, Unzuverlässigkeit, Gleichgültigkeit, Heimweh, Langeweile, Stumpfsinnigkeit, Unausgeglichenheit.

Sollte man aus freier Entscheidung eine Partnerschaft aufbauen oder eine Familie gründen wollen, muss man als Allerwichtigstes man selber bleiben! Also den eigenen Rüpel bewahren und sein wer man ist! Keine Benimm-Dich-Kurse belegen. Nur so kann die Seele den passenden Lernpartner erkennen. Den wahren Wert einer Lebensgemeinschaft erkennt man oft erst im Alter. Plötzlich kann es im Leben eine Wendung geben, die uns den wahren Wert einer Verbindung in einer nie geahnten Weise erkennen lässt.

Die Seelen wissen aber oft schon Jahrzehnte im Voraus um die Nützlichkeit dieser Partnerschaft bei der Auflösung von grossen Altlasten.

„Was findest du eigentlich an diesem Menschen?" Oder: „So eine Verbindung wäre gut für unseren Clan", kommen oft nur vom Menschengeist ohne Seelenwissen.

Beim Aufbau einer Familie können die Seelen der Beteiligten sehr viel voneinander lernen. Das alltägliche Leben ermöglicht jedem, in einer neuen Konstellation alte Lasten zu erledigen oder aber auch weiterhin Sie im Verborgenen zu belassen. Besser sollte man sich öffnen und sein, wer man ist. Das intensivste Lernprogramm sind allerdings die Ehestreitigkeiten. Diese sollte man mit vollen Zügen geniessen, besprechen, verarbeiten, erledigen. So ein Streit, der wie ein Gewitter die Luft reinigt, ist nützlich. Er zeigt jedem Beteiligten den Streit in seinem eigenen Inneren zwischen männlichem und weiblichem Seelenanteil. Ist ausgestritten und hat man sich versöhnt, so ist dies auch in der Seele möglich. Brodelt es weiter, kommt noch ein Gewitter. Wenn man in einer Partnerschaft streiten darf, so sollte es häufig in geringem Ausmass getan werden. Keine grossen unerledigten Reserven anlegen! Die Aussprachen und Versöhnungen sollten auch häufig erfolgen, um das Lernprogramm zu erkennen. Mit der Zeit wird man schon beim Ausbruch eines Streites wissen, was das Lernprogramm ist und daher schneller lernen und sich versöhnen.

Wenn ein Partner bei einem Streit nur ausserhalb der Beziehung Aussprache sucht und findet, wird nichts erreicht. Kontraproduktiv sind Einmischungen von aussen. Sie können die Fronten verhärten und erst recht zu heftigem Streit führen. Nur der gute Rat eines unabhängigen Weisen, der jedem Beteiligten sein Gesicht wahren lässt, würde Früchte tragen.

Anstatt zu streiten einfach auseinander zu gehen, ist einem erfolgreichen Lernprogramm hinderlich. Die Seelen können durch Streit und Versöhnung nicht weiterlernen, weil sie sich zu früh getrennt haben.

Bei genügend langer Trennung beschliesst die Seele manchmal sogar in Ermangelung einer Lehrmöglichkeit - den Partner zu verstossen. Dann kommt erst die wahre Trennung.

Durch eine neue Partnerschaft kann das Lernprogramm durch den Trennungsschock besser angegangen werden, und ein Erfolg ist möglich. Aber man kann sich auch da wieder finden, wo es früher mal zu Ende war.

Indem man sein Innerstes öffnet, kann die Seele

die Gefühle sichtbar machen, die zur Gesundung führen. Vergräbt man dagegen das innere Gefühlspotential, hat die Seele oft nur noch durch Krankheiten die Möglichkeit, ein Zeichen zu setzen, einen Wegweiser zu zeigen. Gerade dann hat unser Menschengeist nochmals die Möglichkeit, vermehrt die Seelenaspekte zuzulassen und die Weichen neu zu stellen.

Verbitterung und Hass auf ein misslungenes Leben führen zu einem schnellen Ende!

Ein Samurai des alten Japans sagte:

„In der Stunde deines Todes solltest du deinem Feind in die Augen schauen."

In friedlichen Zeiten kann dein grösster Feind in deinem Inneren zu suchen sein; zu grosse Verschlossenheit deiner Gefühle, unerledigte Altlasten oder neue Lasten dieses Lebens, nicht ausgesprochener Dank oder nicht gelebte Freude.

Die Aufhebung der Selbstbeschränkung kann auch im Sport geschehen: Bei einem grossen Militärradrennen mit Gewehr auf dem Rücken, (Start in Schwellbrunn nach Schönengrund über Herisau, wieder nach Schwellbrunn hoch,) gab es alle paar Minuten Einzelstart. So gab es keinen Anhaltspunkt, wie man in der Zeit war. Es gab kein ziehendes Feld oder eine Spitzengruppe. Ich war schnell, aber vorsichtig gefahren und hatte meine Kräfte eingeteilt. Die ganze lange Steigung von Herisau nach Schwellbrunn habe ich in einer mir eigenen Art und Weise bewältigt. Ich war alleine auf dieser steigenden Strecke und war abwesend im Geiste. Meine Augen fixierten die weisse Seitenlinie, mein Gehör lauschte dem rhythmischen Knirschen der Kette. Ich blieb im Sattel sitzen und liess die stark ausblasende Atmung mit dem Pedalenumgang übereinstimmen. So kam ich in einen Zustand von Trance, die Koordination von Atmung und Pedalenumgang war absolut harmonisch. In einer absolut gelösten Konzentration konnte ich diese Steigung mühelos im Sattel sitzend überwinden. Wie bin ich erschrocken, als der Kommandant klatschte und rief: "Du bist der Erste!". Obwohl er mich damit geärgert hatte, blieb ich meinem Prinzip treu und kam mühelos ins Ziel. Am Ende hatte ich 45 Minuten. Vorsprung vor dem Zweitschnellsten.

Diese Art, wie ein Yogi, den Alltag und die Müdigkeit zu überwinden, war für mich schön und einmalig.

Hanspeter

Die Mittelwegstheorie

Dieser Weg hat nichts mit Hans Otto Normalverbraucher, den Ball flach zu halten, oder mit Mittelmässigkeit zu tun.

Es ist das Konsultieren der Extrempositionen, um daraus den goldenen Mittelweg zu finden.

Mein eigenes Beispiel:

Vor einem Jahr am Gründonnerstag habe ich die letzten Früchte im Bauminnern zusammengesucht. Ein mir bekannter Mann, der früher immer in meine Finca eingestiegen war, um Gras und Früchte zu schneiden, stand am Grenzzaun.

Etwas später hörte ich die Drähte quietschen als er den zwei Meter hohen Zaun überwunden hatte und wieder in die Finca eingestiegen ist. Er dachte wohl, an einem Feiertag sei niemand am Arbeiten.

Unter den Bäumen durch ging ich recht nahe zu ihm hin, um ganz plötzlich aufzutauchen. Dieser Mann stellte sich derart dreist an, mit mir über die Kuriositäten meiner Finca zu reden. Ich wollte mich aber vor lauter Ärger nicht auf ein Gespräch einlassen. So habe ich ihn weggeschickt und nur gesagt, er soll nie wieder über meinen Zaun steigen.

Dies war für mich der Mittelweg.

1.) Extremposition: A
   Da ich so verärgert über die Dreistheit war, hätte ich mit einen Stecken, den ich schon in der Hand hatte, diesen Mann schlagen oder erschlagen können.

2.) Extremposition: B
   Ich hätte meine Wut in mir verleugnen und unterdrücken, und mit dem Einsteiger über unwichtige Oberflächlichkeiten reden können. Als „Dank" für den Ärger hätte ich ihm sogar noch Früchte schenken können.

3.) Mittelweg:
   Ich habe diesen Mann mit verärgerter Stimme weggeschickt.

Schlussfolgerung:
Durch das Konsultieren der Extrempositionen findet man in einem Hinundher-Kurs immer den Mittelweg.

Atheisten, oft gottesfürchtige Freidenker

Jede Religion auf dieser Erde trägt zwei Teile mit sich. Ein Teil möchte eine gewisse Macht auf die Gläubigen ausüben, also die Schafherde beisammen halten und leiten. Der andere Teil verbreitet göttliche und irdische Weisheiten, die sehr wichtig sind.

Viele Atheisten, das heisst, Leute die keiner Glaubensrichtung angehören wollen, suchen aber trotzdem nach Weisheiten, manchmal, so wie ich, in der ganzen Welt. Überall das Beste zu pflücken, aber sich trotzdem alles zeigen zu lassen, ist keine schlechte Angewohnheit.

Lieblingsarbeiten Konzepte erarbeiten

Als Obstbauer mit eigener Vermarktung war ich militärdienstpflichtig. Ich konnte aber sehr häufig meine regulären Wiederholungskurse verschieben und durfte dann in einer arbeitsärmeren Zeit des Jahres meinen Dienst bei irgendeiner Truppe als Gast tun. So war ich auch einmal zu Gast bei einer Truppe, die generalstabsmässig Arbeiten und Prinzipien zum erfolgreichen Einsatz brachte!

Hier war ich zu Hause: Die Form musste hier nicht so stark gewahrt werden. Immer ging es darum, eine gewisse Arbeit so schnell, so perfekt, so sicher, so ideenreich wie möglich zu tun. Jeder durfte beim anderen Inspektor sein. Durch einfach gehaltenes Lob oder Kritik wurde so, sehr rasch, ein noch grösseres Ideenpotential geschaffen. Die Arbeit wurde getan, Zeit und Qualität geprüft, Mängel festgehalten,

Neuerungen angebracht. Sehr häufig wollte ich nicht glauben, dass schon wieder Mittagspause sei. Ich war begeistert und lief zu einer gewissen Hochform auf. Ich war in meinem Element.

Das war nur ein kleiner Abschnitt in meinem Leben, der mir aber gezeigt hat, wie durch die Aufhebung der Selbstbeschränkung alle Menschen zur Hochform auflaufen können.

Die Geschichte zeigt an der Erbauung grossen Monumenten, wie den Pyramiden, welche Kräfte so frei werden können.

Wie konnten die Pyramiden entstehen?

1. Prinzip: Es gibt keine dummen oder unnützen Leute.

2. Prinzip: AIDA- Eine Oper in Ägypten uraufgeführt. AIDA, eine imposante Oper von Giuseppe Verdi.

A Aufmerksamkeit schaffen. Schaffen und aufmerksam sein.

I Interesse wecken. Ein waches Interesse schaffen.

D Demonstrieren, wie man eine Sache anpackt. Das Monster anpacken.

A Ausführen lassen: Jeder kann mit seinem Nächsten üben.

AIDA ist ein erfolgreiches Ausbildungsprinzip:

Durch einen aufgeweckten Geist mit wachem Interesse, allen, die wollen, zu zeigen, wie man seinem Nachbarn etwas beibringen kann und dieser lernt selber etwas zu tun.

AIDA als zweites Prinzip gilt aber nicht für die Massen, sondern für Gruppen, in der Berufswelt, im Sport, in Militärischen Diensten, etc., die ein gemeinsames Ziel ansteuern.

Das erste Prinzip:

Es gibt keine dummen oder unnützen Leute. Dieses Prinzip enthält die Auflösung der Selbstbeschränkung. Das ist etwas, was man leben kann.

Der Pyramidenbau als grösster Talentshop.

Das erste Prinzip galt in der Kindheit einer Epoche, aber auch in der Kindheit jedes Einzelnen, und auch in einem Staat, dessen innere Zielsetzung die Suche nach Gott war. Kinder, die frei aufwachsen, kennen noch wenig Selbstbeschränkung. Durch das, was sie tun und plappern, redet ihre Seele noch sehr stark mit der Umgebung.

Dann beginnt normalerweise die Einschränkung im Geiste. Man wird erzogen (verzogen). Die Eigenarten der Seele werden unterdrückt. Man wird uniformiert, also in eine Form gebracht, damit in der Schule gelernt werden kann. Die ersten Versager entstehen!

Damals wurde alles, was es gab, geprüft:

Welche Mutter kann gut mit Kindern umgehen, ohne Disziplin und Gleichschaltung auszuüben? Wer kann über Engpässe in einer solchen offenen Erziehung Rat geben? Wer kann bemerkte Eigenheiten erklären, wo gibt es Lösungen, ein Kind auf den besten Lernweg zu bringen? Die Pubertät, also der Übergang vom Kind zum erwachsenen Menschen, ist die letzte Möglichkeit der Seele, sich zu offenbaren. Jede Eigenart in der Zeit hormoneller Wirren im Körper, ist besonders gut zu prüfen und die Bestimmung eines Menschen zu suchen.

Auch für solche Eigenarten im Leben gab es Leute, die ein besonderes Talent hatten zu helfen und zu erkennen. Es wurde aber nicht bestimmt, wer was zu tun hatte. Jeder war auf der Suche nach seinem eigenen Talent. Viele hatten ein Talent zu entdecken, was andere besonders gut konnten. Insgesamt war es aber die Gewissheit, auf einem speziellen Gebiet ein grosser Könner zu sein und so einen neu erweckten Geist mit sich zu tragen.

Jeder Anlass, jede Tätigkeit war automatisch auch gleich ein Talentshop. Streitigkeiten wurden im Kampf ausgetragen oder die Streithähne mussten eine Arbeit ausführen, die bewertet wurde. Auch Verletzte aus solchen Streiteinlagen waren geeignet, Erste-Hilfe-Talente zu wecken. Immer gab es etwas zu reden. Immer war etwas los.

Als die Planung, des Pyramidenbaus abgeschlossen war, durfte jeder Mann von seinem Zuhause weg, um im Steinbruch, vom Beladen der Schiffe, bis zum Aufbau zu helfen. Aber auch Frauen mit einem besonderen handwerklichen Talent oder einem Geschäft, das gut in diese Aufbaulandschaft passte waren dabei.

Es durften aber nur Leute von ihrem Zuhause weg, wenn der Betrieb in Landwirtschaft oder Gewerbe ohne Ausfall weiterging. Die Versorgung des Landes mit Nahrung wurde hoch bewertet. Hatte eine Familie viele Kinder, so gingen sie abwechselnd, zum Lernen. Neben der grossen Arbeit, die beim Bau zu tun war, gab es aber auch eine Ausbildung für die Landwirte. Anbaumethoden, Bewässerungstechnik wurde ihnen gezeigt. Alles Können und alle Talente, die bei solchen Kursen zusammenströmten, ergaben eine noch grössere Wertschöpfung, wenn jeder seine Version zu einem Thema einbrachte und vorzeigte. Sehr gerne wurden die Vorträge über Ehe, Streit,

Versöhnung und Sexualität besucht. Bei so grosser Vielfalt konnte jeder profitieren. Es herrschte eine lockere Atmosphäre.

Beim Steineschleppen über die feucht gehaltenen Baumstämme ging es allerdings zur Sache. Die Seile um die Steinblöcke mussten richtig platziert sein. Die Rollenleger, meistens kleinere bewegliche Leute, mussten gut aufeinander abgestimmt sein. Links und rechts eines jeden gezogenen Steinblocks mussten sie abwechselnd die frei werdenden Hartholzlaufrollen hinter dem Stein wegräumen und vorne wieder präzise unterlegen, so dass der Stein immer fliessen konnte. Sobald eine Kräfte sparende Zieh-Methode Erfolg hatte, wurde sofort AIDA als Ausbildungsprinzip eingesetzt. Man fand heraus, welche Art von Musik die längstmögliche Fortbewegung eines Blocks ohne Pause zur Folge hatte. Zur richtig gewählten rhythmischen Musik lernte jeder, seine Kräfte, seine Atmung, seine richtige Schrittlänge in Harmonie zu bringen. Es entstand dieses wunderbare Gefühl, im Geiste vom Körper abwesend zu sein, also in einer Art Trancezustand, Müdigkeit und Willensschwäche zu überwinden und sich selber zu vergessen.

Wie lautstark und wütend muss eine erfolgreiche Gruppe geworden sein, wenn vor ihnen ein Stein zu langsam die Rampe hochgezogen wurde und sie ihre erfolgreiche Arbeit wegen dieses Hindernisses stoppen mussten. So etwas hat sofort zu einer Streitschlichtung im Kampf geführt, und zu einem versöhnlichen Umtrunk.

Was da so an anderen Talenten sichtbar wurde?

Jede Gruppe durfte anderntags ihre Meisterleistung präsentieren, so dass es regelrechte Zirkuseinlagen gab. Diese offensichtliche Vielfalt an Talenten war aber ausserdem für ein anderes Ziel wichtig. Es ging auch darum, diese Vielfalt und das offene Denken in ein späteres Leben mitzunehmen und sich, wenn möglich, später lustvoll zu erinnern!

Es ging auch darum, ein göttliches Prinzip aufzuzeigen!

Gott, die Evolution im Geiste und in Werken zu zeigen.

Eine vollends fertig gestellte Pyramide:

Mit all den Kammern und Gängen im Innenleben ist eine fertige Pyramide ein riesengrosses Energiesystem, das auch im menschlichen Körper existiert. So eine Pyramide war und ist ein grosses Forschungszentrum:

Von sehr empfindlichen Energiespürnasen wurden männliche und weibliche Energieströme (Yang und Yin) (Plus und Minus) (rechts- und linksdrehend) geprüft.

Die Gegend und die Kammer der Freude und Lust.

Die Grabkammer des Leidens und des Todes, von Fremden.

Die Grabkammer des eigenen Leidens und Todes der Vergangenheit.

Die Besonderheit der sich überfliessenden Energieströme an Energietreffpunkten.

Wo schläft man gut, wo schläft man schlecht?

Wo träumt man viel und in welcher Art?

Wo träumt man wenig oder nie etwas?

Wo ist die Kammer des Vergessens im Geiste?

Wo ist die Kammer des erweckten Geistes?

Wo lässt der Mensch seine schweren Energien los? (Stress)

Wo verschliesst der Mensch seine schweren Energien? (Einlagerung)

Wo wird der Körper stark von kosmischer Energie durchflutet?

Wo wird die eigene Batterie sogar entladen?

Lieblingsarbeiten und die Hintergründe

Sortieren:

Ich bin Obstbauer und habe Äpfel, Birnen, Zwetschgen auf den Wochenmärkten verkauft.

Ich habe auch Obst eingekauft und mit den Produzenten persönlich verhandelt, was bei Hagelschlag oder, wenn das Obst übergross wurde, zu ernten wäre. Immer hat der innere Wert der Früchte das Mass der Abwertung durch Naturereignisse wieder aufgefangen.

So hatte manchmal der Produzent noch die Möglichkeit gewisse Posten der Früchte zu ernten und eine gewisse Wertschöpfung zu erzielen.

Ich hatte in meinem Obstlager süsses aromatisches Obst. Der Kunde auf dem Markt hatte für wenig Geld pro Kilo eine gute Wertschöpfung. Kurzum, der Ring war geschlossen und jeder war froh. Dieses Prinzip des geschlossenen Frohseins aller war bei mir ein Geschäftsprinzip. Wenn sich da jemand quer gestellt hat, war ich schnell muffig oder abweisend.

Nun bin ich dahinter gekommen, dass dieses Sortieren nach dem inneren Wert in meinem Aktenkoffer der Seele seit sehr langer Zeit einen grossen Stellenwert hat.

Ich habe meine Mitmenschen nach deren inneren Wert taxiert, nicht nach dem, was sie nach aussen vorgaben zu sein, immer habe ich nach der inneren Süsse geschnuppert. War da nicht viel, ist es mir sauer aufgestossen.

Aber auch meine eigenen süssen Früchte, ob sie nun hoch oben hingen oder das unreife Obst das sehr nahe hing, dafür für mich einen sauren Abgang hatte, wollte ich immer sortiert wissen. Weniger schöne Äpfel wurden zu Süssmost verarbeitet.

Immer noch habe ich ganz gerne süsse Datteln zum Essen, sie erinnern mich an mein Leben in der Oase.

Die Möglichkeiten der Seelenwanderungen

Der Mann trägt eine männliche Seele, die mit dem Leben eine gewisse enge oder weitere Verbindung pflegen kann. Es spielt keine Rolle, ob diese männliche Seele ein grosses oder kleineres Macht- und Wissenspotenzial dem Körper überbringen kann, diese Seele ist der erste Ansprechpartner für das Leben im Manne. Der Mann trägt aber auch eine weibliche Seele, neben dem Mann, in seinem Seelenhaus, also den Ehepartner der Seele.

Dieses Prinzip ist in der Natur vorhanden. Männchen und Weibchen bei Pflanzen, Tieren und Menschen. Die Frau trägt in ihrem Leben als erste Ansprechpartnerin eine weibliche Seele, mit allen Eigenheiten an Wissen, Gefühlen und Machtpotentialen in sich. An zweiter Stelle wohnt aber im Nebenzimmer noch die männliche Seele mit ihrer ganzen Vergangenheit. Wie dick die Trennwände sind, ist Zeugnis der Eigenart dieser beiden Ehepartner.

Es gibt Ehepaare mit grossen unterschieden im Gewicht, in der Kraft, in den Fähigkeiten, dem

Fühlen, auch Herzenswärme, Führungskraft und Gleichgültigkeit sind oft verschieden verteilt. All diese Eigenheiten sind im Seelenleben oft auch ungleichmässig verteilt. Kurzum alle die eine Partnerschaft als Gemeinschaft oder jede einzelne Partei mit sich tragen, gibt es in der Seele eines einzelnen Menschen auch zu finden. Je nach dem wie der Wille, die Stärke und das Gefühl in einem Seelenhaus zwischen den Partnern aufgebaut sind, entwickeln sich die Neigungen in einem Menschen. Ein Mann, der gerne mütterlich ist, oder eine männliche Powerfrau, hart im Geben und Nehmen.

Wenn sich ein Mensch nicht mit dem Tod befasst und seine Arbeit, die er als Lebender tun möchte, noch nicht erledigt hat, und trotzdem plötzlich stirbt, gibt es für die dem Körper am nahesten stehende Seele, keinen Grund die eben noch getane Arbeit aufzugeben. Diese Seele will nicht glauben, dass es den Körper nicht mehr lebend gibt, um ein gewisses Projekt zu beenden, dann übernimmt die Seele im Nebenzimmer alles was getan werden muss.

Es übernimmt der zweite Ehepartner im Seelenhaus die Geschäfte, es wird das Haus notariell umgeschrieben.

In einem neuen Leben ist so häufig nach einem Männerleben, ein Frauenleben geworden, oder aus einer verstorbenen Frau inkarniert ein Mann. Würde ein sehr weiblich fühlender Mann unvorbereitet aus dem Leben gerissen, geschieht so aber oft in einem neuen Körper keine Geschlechtsveränderung. Es ist dann ein Mann mit Vollanschluss an die weibliche Seele. Dadurch entsteht meiner Meinung nach als Zeichen die Linkshändigkeit.

Ein linkshändiger Männerkörper mit allen Hormonen und Funktionen mit Vollanschluss an die weibliche Seele, oder ein linkshändiger Frauenkörper mit allen Hormonen und Funktionen mit Vollanschluss an die männliche Seele sind solche Zeichen.

Wünsche als freier Wille:

Einem ehrlichen starken Wunsch in einem neuen Leben wieder das gleiche Geschlecht zu bekommen, wird stattgegeben. Einem ehrlichen starken Wunsch in einem neuen Leben wieder das andere Geschlecht zu bekommen, wird stattgegeben. Was immer auch geschehen sein mag in vergangenen Leben, die dem Körper angeschlossenen Seelen können im Leben ihre unerledigten Dinge zeigen und so lernen, es aufzulösen, zu akzeptieren was war, und sich selber bedingungslos zu lieben wie man ist.

Nur so kann man im richtigen Eheleben oder im Umgang mit anderen bedingungslos seinen Nächsten lieben wie sich selbst.

ALLES WAS IST, IST GÖTTLICH.

Leid und Freude,   Leben und Tod,
Hell und Dunkel,   Tag und Nacht.

Alle Naturgesetze mit all ihren Evolutionen sind auch im Geiste vorhanden. Am Tag arbeiten wir, es wird die Kreativität genossen. Es wird am Zusammenleben gelernt. Man freut oder ärgert sich aneinander, Lust und Frust wird ausgelebt. Es wird Versöhnung gefeiert.

Die Nacht gehört den Seelen, dann können sie ihre Büroarbeit tun, den vergangenen Tag noch mal bearbeiten, den neuen Tag vorbereiten und Eigenheiten zuführen. Nachts wird von den Seelen auch der Briefkasten für das Leben gefüllt. Es kommen Träume an. Oder es wird der Körper wachgerüttelt. So geht das nicht lieber Körper, du hast die anstehende Arbeit nicht getan oder du hast alles auf einmal tun wollen. Wenn wir schlau sind, denken wir darüber nach, wieso wir wach gerüttelt werden oder nicht schlafen können.

Zuviel Schlafen heisst aber auch der täglichen Kreativität aus dem Weg zu gehen, sich abzusondern von den Naturgesetzen. Den Tag zur Nacht machen und umgekehrt, ist eine Verweigerung von allem, was es gibt.

GÄSTE

Wie ein richtiges Familienhaus, gibt es auch das Seelenfamilienhaus.

Das Seelenfamilienoberhaupt ist die am Leben nahestehendste Seele und der Seelenpartner an seiner Seite. Manche Seelenhäuser haben aber noch Gästezimmer auf der Sonnenseite oder am Schatten des Lebens.

Wenn ein Mensch bei einer Hinrichtung oder einem tödlichen Unfall oder kriegerischen Handlungen als mitfühlendes Wesen zur Stelle ist, kann es passieren, dass er die Seelen der Verstorbenen bei sich aufnimmt. Finden solche Seelen als Anhängsel nicht von selber ihren neuen Weg, bleiben sie bis zum Tode des Trägers als Gäste ausserhalb des Seelenhauses. Bei einem neuen Lebensbeginn des Gastgebers wird neu ausgehandelt, ob solche

Anhängsel im Gästezimmer des Seelenhauses unterkommen oder in der Kälte ausharren müssen. Es darf natürlich jeder Gast, soweit er kann, aus eigenen Stücken gehen, um seinen Weg zu finden. Einmal ganz aufgenommene Gäste können eine Quelle der Erneuerung durch ihr mitgebrachtes Wissen sein. So ein Gast kann aber auch egoistisch sein und in allen Belangen des Lebens seine Wünsche und Projekte einbringen und so zum eigentlichen Hausherren werden. Oder die Seelen arbeiten zusammen und die Arbeit, die sie gemeinsam tun, zieht Arbeit nach sich. Manchmal kommt es vor, dass der Gastgeber mit seinem Partner verdrängt wird und der Gast das Sagen im Haus hat. Gäste können aber auch von selber gehen oder gegangen werden, wenn die Zeit reif ist. Ein Gast, der geht, nimmt seinen Aktenkoffer mit, aber die Kopien bleiben beim Hausherrn. Häufig Gäste zu haben, ist anstrengend, aber es entsteht dafür ein Erfahrungs- und Wissenstransfer, darüber hinaus gibt es noch neue Gefühle. Bei einem vielfältig gebildeten Seelenhaus anzudocken, ist „in“. Eine suchende Seele kann bei einer mitfühlenden Seele warten, bis ihre Schwingungen gleich sind, um dann anzudocken. Hat eine angedockte Seele genug in dem Haus gelernt, um selbstständig die Zukunft gestalten zu können, geht sie aus freien Stücken. So wie der Bruder im Leben hin und wieder zu Besuch kommt. Ich hatte einen Seelenbruder der mich in diesem Leben nach seinem freiwilligen Tod besucht hat und wieder gegangen ist. Dieses Spiel war schon in vergangenen Leben gewesen.

Die Spiegelschrift des
Lebens mit Menschengeist

Das Seelenlicht durchfliesst alles, was ist:

Ein Schulkind, das in der Entwicklung hinterher ist, schreibt die Buchstaben spiegelverkehrt. Tatsächlich ist aber so ein lernbehindertes Kind auf seelischem Gebiet den anderen weit voraus. In unserer Kultur schreiben wir von links nach rechts. Wäre dieses Papier auf unserer Brust, so würde aber von rechts nach links etwas geschrieben stehen. Unser erstgeborener Sohn hat mich darauf gebracht, wie unterschiedlich stark die Seele durch den Körper sprechen kann und damit mehr oder weniger ihr Bedürfnis meldet.

Wir waren mit den Grosseltern beim Mittagessen, lustvoll hat auch unser Sohn mitgegessen, plötzlich sagte er „Jazinte". Wie war das peinlich! Unser Sohn wollte während des Essens im Garten an den Hyazinthen schnuppern. Damals wusste ich noch nicht, dass seine Seele dies vor lauter Lust veranlasst hat, das Leben und die Dinge zu geniessen.

Das Leben lehrt uns die Sprache der Seele in Spiegelschrift zu führen. Die linke Handfläche zeigt uns das Bild, welches die Seele von der Rechten hat. Genauso wie die linke Kopfhälfte zur rechten Rumpfhälfte gehört und umgekehrt. Der Mensch ist also das Spiegelbild der Seele. Träume, die uns die Seele also direkt in das Übersetzungsbüro im Gehirn bringt, müssen in wachem Zustand nochmals spiegelbildlich übersetzt werden.

Ich bin du, nun schau zu,
kenn ich mich? Na nu?!

Eltern und Kinder

Die Mutter als Bezugsperson.

Das Seelenlicht der Mutter durchfliesst ihr Kind.

Das Seelenlicht des Kindes durchfliesst die Mutter.

Die Mutter überbringt ihre Lebensaspekte: Gefühle, Liebe, Diskretion, Zuneigung, Entfernung, Sittlichkeit, Ordnung, Achtung, Respekt ihrer selbst und des Kindes.

Die Mutter fördert oder unterdrückt ihre Seelenaspekte.

Das Kind hat noch wenig gelernte Lebensaspekte.

Es reflektiert die Gefühle der Mutter.

Das Kind vertraut auf seine starken Seelenaspekte.

Die Seele spricht stark aus dem kleinen Kind - Körpersprache, Aussehen, Gestik, Verhalten, (man sieht die Seele von aussen). Starke Mitteilung der Seele und Aura (Aura-Seelenakte der Vergangenheit).

Das Seelenleben der Mutter und des Kindes sind andauernd beim gegenseitigen Lernen und Spielen. Das gegenseitige Verhalten zeugt davon (Zusammenleben).

Die vier Dimensionen und
was man daraus macht

Ein Samurai hat acht Augen!
Er sieht, was er sieht!
Er sieht, was sein Gegenüber oder Feind sieht!
Er sieht, mit dem männlichen in seiner Seele dich und dein Gegenüber oder auch das Spiegelbild!
Er sieht, mit dem weiblichen in seiner Seele dich und dein Spiegelbild, deine Gefühle und Möglichkeiten!
Das, was aus allen acht Augen gesehen und danach gespürt wird, ist die Veranlassung, etwas zu tun oder eben nicht!

Ansichtssache

Stell dir vor, in einem Hof steht ein grosser Apfelbaum, voller Früchte kurz vor der vollendeten Reife. Rundherum stehen vier Häuser, eins im Norden, eins im Osten, eins im Süden und eins im Westen. Der Mann im Nordhaus sagt, dieser Baum trägt grünliche Äpfel. Der Mann im Osthaus sagt, dieser Baum hat gelbliche Äpfel. Der Mann im Südhaus sagt, dieser Baum trägt dunkelrote Äpfel. Der Mann im Westhaus sagt, dieser Baum trägt hellrote Äpfel. Wer hat wohl Recht? Jeder schaut von seiner Seite, jeder denkt ich allein habe Recht, es wird lauthals diskutiert! Wer hat Recht? Zuletzt nehmen sich alle bei der Hand und laufen zusammen um den Apfelbaum und schauen ihn gemeinsam an.

Sie müssen feststellen, jeder hat Recht, es ist nur Ansichtssache.

Karin

Das Gesetz des Minimums

Als gelernter Bauer kenne ich das Gesetz des Minimums beim Pflanzenwachstum. Der Stoff, der beim Pflanzenwachstum am wenigsten vorhanden ist, begrenzt das Wachstum.

Zu wenig Licht – Schattendasein.
Zu wenig Schatten – Überbelichtet.
Zu wenig Wärme – Unterkühlt.
Zu wenig Kühle – Hitzestress.
Zu wenig Wasser – Durstig.
Zu wenig Abtrocknung – Nässestau.
Zu wenig Mineralien – Hungrig.
Zu wenig Abtragung der Mineralien – Versalzen.

Das sind Naturprinzipien,
sie gelten auch für den Geist:

Zu wenig Licht:
Zu wenig heller Geist, also nur das Dunkle im Leben sehen, ergibt kein gutes Geisteswachstum.
Zu wenig Schatten:
Ein Menschengeist, der glaubt nur als Lichtwesen etwas wert zu sein, kann nicht wachsen. Es ist das Dunkle, also der Schatten des Lichtes im richtigen Mass erkannt, der den Geist frohwüchsig werden lässt.

Zu wenig Wärme:

Zu wenig Herzenswärme im eigenen Geist schadet. Wie könnte man Herzenswärme an den Nächsten verteilen, wenn sie in einem selbst nicht wächst!

Zu wenig Kühle:

Ein überhitztes geistiges Gemüt ist anstrengend für sich selbst und wirkt bei anderen hysterisch. Zuviel mit den Gefühlen sich und andere aufzuheizen, lässt den Geist schläfrig werden. Nur an Kühlung muss man denken, nicht an Wachstum.

Zu wenig Wasser:

Wasser ist das geistige Lebenselixier Gottes. Ein zu trockenes oder sogar Wüstenklima über lange Lebzeiten, lässt den Geist eintrocknen. Jeder kann von Gottes Brunnen Wasser pumpen, für den Geist und das Leben, um daraus zu wachsen.

Zu wenig Abtrocknung:

Wer nie in die Wüste geht, um den Geist abzutrocknen, das heisst die Ruhe zu spüren, dem Kargen zu begegnen, dessen geistiges Auge wird den Überfluss an Grün und Leben nicht mehr wahrnehmen. Die Wurzeln werden träge. Der Geist kann am Überfluss nicht mehr wachsen.

Zu wenige Mineralien:

Durch eine Brise Salz wird eine Suppe für unseren Suppengeist erst schmackhaft. Ich bin das Salz in meiner täglichen Tasse Reis. Du bist das Salz in deinem faden Fladenbrot. Alle sind wir das Salz in der Suppe des anderen. So wird das Essen geistreicher werden.

Zu viel Salz:

Wer ist so verliebt in sich selber oder etwas Neues und hat dabei alles Salz in das Essen geschüttet? Zu viel Salz im Essen ist unverträglich und ungesund. Man wird durstig nach dem Wasser des Geistes. So wie die Wurzeln am Salz verbrennen, verbrennt auch das neue geistige Wachstum.

ALLES WAS IST,

Ist göttlich, also von Gott zugelassen.

Der moosbewachsene feuchte Stein.
Der trockene harte Granit.
Der hohe Mammutbaum.
Die kriechende Nestfichte.
Die Riesenalge im Wasser.
Der halbvertrocknete Kaktus.
Die tropischen Baumriesen.
Die Flechtenweiden am Polarkreis.
Die sengende Mittagssonne.
Die frostkalte Winternacht.
Der überschwemmende Dauerregen.
Die staubig trockene Hitzewelle.
Das Frühlingserwachen im Walde.
Blattfall und Winterstürme.
Der grün erweckende Frühlingsregen.
Das vertrocknende Sommergras.
Der müde Vielschläfer.
Der lange aktive Quirl.
Der alles abwartende Griesgrammel.
Der positiv denkende Freigeist.
Der alles verwerfende Verweigerer.
Der pfeifende, lustvolle Kreateur.

Der Technik abhängige Sucher.
Der natur liebende Wanderer.

Wirkung und Änderung
alter Seelengefühlsmuster

Es nützt nichts sich den Kopf zu zerbrechen, wie stelle ich meine Seele nach meinem irdischen Geist richtig ein. Auch dieses oder jenes Gefühl will ich in meiner Seele nicht haben, also verdrängen, nützt nichts.

Das Leben ist ein Spiel. Alle Karten, die ich bekomme, muss ich annehmen. Ganz egal, ob ich dann strategisch, achtsam, hinterlistig oder gleichgültig spiele, es ist mein Spiel.

Es genügt in jeder Lebenssituation, mein vermeintlich Bestes zu geben. Die Seelen nehmen es zur Kenntnis, welche Strategien und Gefühle da sind.

Die Seelen präsentieren laufend neue Spiele, so wie es im Leben gerade so „schacht oder pokert". Es ist ganz einfach, man muss sein eigenes Ich durchleben, durchwandern, durchrennen, durchstöbern, nur sich selber sein, dann wird von selbst das Seelengefühlsmuster auf den neusten Stand gebracht. Man darf ja am und im Leben Änderungen und Verbesserungen anbringen.

Gut wenn eine neue gefühlsvolle, vernünftige Einstellung zu einer Änderung im gegenseitigen Einverständnis zwischen Seelenintellekt und Erdengeist geführt hat. Dies ist dann eine neue Einstellungslinie, damit kommuniziert man im

Inneren und Äusseren über neue Fragen im Leben und Seelenleben… es ist umprogrammiert.

Loslassen vom Müssen ist die erste Arbeit, danach kommt alles in Bewegung.

Ein grosser Brocken im Tal des Lebensflusses war bei mir die alte Seeleneinstellung männlicherseits. Ich lehne es ab krank zu sein, die Seele hat mich gezwungen, gesund zu bleiben, trotz gröbster Vergehen. Trotz frieren, nass zu sein bis zu den Zehenspitzen und Übermüdung, ich war immer einsatzfähig. Ich hab mich so geärgert, wenn ich mal unpässlich war. Ich war ein Monster für meine Frau, ich konnte auch ihre Krankheiten nur hassen. Ich habe lange mit meiner männlichen Seelenseite verhandelt. Meine weibliche Seelenseite hat mich unterstützt. Bin ich froh, dass ich in mir das Weibliche so stark zulassen kann.

Das Wandern ist der Seelen Lust!

Wenn einer eine Reise tut, so kann er was erzählen.

Besser Umziehen als Zinsen.

Die letzte Reise vor dem Winter.

Die Erde mit ihren unermesslichen Schätzen an Weisheit und Gefühlen ist eine Reise wert.

So etwas wissen die Seelen seit Urzeiten. Die Seelen reisen sowieso in jedem Leben in einen anderen Körper. Das Reisegepäck der Seelen kann aufs Nötigste beschränkt sein, Gefühle, Wissen, Weisheit, Kraft, Liebe. Altlasten in ein neues Leben mitzuschleppen ist schwer und behindert ein fröhliches Vorwärtskommen. Solche Altlasten, die nicht sortiert und abgeladen, also erlöst werden konnten, drücken und ziehen runter. Als Zeichen schmerzen die Druckstellen, es wird wund, Krankheiten zeigen wo der Rucksack drückt.

Als Seele in anderen Kulturkreisen zu wandern ist sehr lehrreich, aber mitunter auch schmerzlich. Wenn eine Seele erst mal gelernt hat, Neues zu sortieren, auszuwerten und das Beste für sich zu bewahren, wird das Wandern lustig. Es können erfreuliche neue Gefühle in der Seele platz nehmen. Das Fremde wirkt mitunter heilend.

Es kann passieren das gerade das Fremde und Neue zur eigentlichen Heimat wird. Solchermassen auf das Neue sich freuenden Seelen, entwickeln eine wahre Reiselust, diese zeigt sich auch im Leben. Solche Leute sind oft Auswanderer geworden. Ihr Zuhause ist nicht eine andere Staatsform, sondern die Freiheit, überall Zuhause zu sein.

Wunderbare Vielfalt der Erde

Unsere Erde mit ihren unvergleichlichen Klimazonen, regionalen Unterschieden des Klimas, Küsten, Inseln, Landklima, Flach- und Gebirgszonen, Wüstenzonen ist absolut vielfältig. Diese unsere Erde, die wir bewohnen, genau zu kennen, ist eine Herausforderung. Das Klima jeder Erdregion prägt die Menschen durch offene Landschaften, enge verschlossene Täler oder abgelegene Inseln.

All die erlernten Eigenarten der Erdbewohner verstehen zu wollen, benötigt einen offenen Geist. Das ist aber erst der Anfang des Denkens und Fühlens, die Vielfalt und Eigenart des Menschen zu verstehen. Dazu kommen noch erlernte religiöse Prägungen, die sehr breit gestreut sind.

Nur wer alles, was es gibt zulässt, kann sich von sich aus frei auf dieser Erde bewegen.

Sich selbst einengen und sich kulturelle oder religiöse Grenzen setzen, heisst, sich in ein enges Bergtal zu verkriechen und warten bis alles vorbei ist, ohne etwas Neues kennen zu lernen.

Die Vielfalt, die es gibt, sich anzuschauen, zu prüfen und sich nur das Beste anzueignen braucht viel Mut und Offenheit.

Dieses Spiel, die Vielfalt, die es im Leben gibt, anzuschauen und zu prüfen, benötigt Disziplin. Im Seelenbereich ist dieses Auslesespiel bei dem man lernen kann noch sehr viel intensiver. Alle Gefühle und Eigenarten der eigenen Seelen verstehen und kennen lernen zu wollen, braucht ebenfalls sehr viel Mut und Ausdauer von der Seite des Körpers und des Lebens darin.

Wie ein Verhör kann so etwas tönen:

Welche Marotten und Eigenheiten entdecke ich in meinen Seelen (männlich, weiblich und Gäste)? Wie viel Offenheit lässt mein Erdengeist zu, mit den eigenen Seelen zu kommunizieren? Wie viel Fremdes des eigenen Erdengeistes wird sofort weggeschlossen? Wie viel Fremdes anderer Mitlebensgenossen wird vom Erdengeist oder meinen Seelen geprüft, bekämpft oder eben wieder verdrängt und weggeschlossen? Liebe ich mich bedingungslos oder eben nur Teile von mir? Will ich meine Altlasten tragen, sortieren, erledigen? Kann ich den Gedanken zulassen, dass etwas, was mich an dem Nächsten so stört (Hautfarbe, Einstellung, Religion, sozialer Stand) in mir als Altlast vorhanden sein kann?

Kann ich das Fremde in mir lieben und achten? Um dadurch auch meinen Nächsten zu lieben und zu achten, so wie er ist.

Kann ich als Menschengeist andere Ideologien und Religionen tolerieren, ohne mir diese anzueignen oder zu verdrängen, um so mein eigenes inneres Seelen- Ich auch zu akzeptieren und verstehen zu lernen? Kann ich sachlich und gefühlsmässig mit dem eigenen Seelen- Ich umgehen und verstehen lernen, um nur das Beste für das jetzige Seelen- und Lebenslernprogramm zu pflücken und zu verarbeiten? Um wiederzukommen, muss ich lernen, Altlasten abzustellen zu sortieren und zu verarbeiten, um mich bestmöglich auf die Zukunft vorzubereiten und kein unnötiges Gepäck auf die neue Reise mitzuschleppen.

Die erlernten Marotten der Seelen!

Die Seelen lernen und lernten in allen Inkarnationen am Leben.

Hat ein Mensch in einem Leben negative Eigenschaften überwunden, aufgelöst, ausgelebt, verdrängt oder die Angst vor seinen nicht gelösten negativen Eigenschaften geschwächt oder verstärkt, so lernten die Seelen im innersten Ich daran.

In einem späteren Leben, werden erledigte und unerledigte oder falsch interpretierte Altlasten aus den Seelen dem Leben präsentiert, wenn gerade ähnliche Situationen im Leben ablaufen.

Gibt es nun immer nur eine Lösung aus dem irdischen Geist und Intellekt?

Wie viel wird aus der Erbmasse eingegeben?

Sehr viel stärker ins Gewicht fällt aber was die seelischen Vergangenheiten in ihrem ganzen Lernprogramm so präsentieren können oder dürfen.

Aber auch wie viel der nicht hauptamtierende Seelenpartner oder die Gäste und Besetzer einbringen dürfen, ist wichtig.

Wird schnell und gründlich oder hinauszögernd und oberflächlich nur aus dem menschlichen Geist eine Problemlösung gefunden?

Wird der eigene bestmögliche Lösungsvorschlag aus dem irdischen Geist und allem Seelenwissen was eingeflossen ist, bestmöglich verwendet?

Bestimmen nur die Seelen, durch einen aggressiven Seelengast oder durch die ureigensten Seelenmarotten wie reagiert wird?

Kann man sich nie festlegen, wenn Antworten auf Problemfragen nötig sind?

In so einem Fall gibt es keinen Koordinator oder Geschäftsführer, der leitend eine Allgemeinlösung präsentiert. So etwas ist eine unorganisierte Generalversammlung - alle reden durcheinander, irgendwann geht jeder lieber wieder nach Hause.

So wie alle Lebensfragen behandelt werden und welche Lösungen daraus entstehen wird in Gefühlen eingelagert. Das ist das Lernprogramm der Seelen.

Das innere Ich ähnelt dem äusseren mehr und mehr. Das äussere Ich wird aber auch von den Seelen geformt.

Zusammenarbeit Seelenfrau,
Seelenmann und Gäste

Ein lebender, rechtshändiger Mann arbeitet normalerweise eng mit seiner männlichen Seele, die ihn durch das Leben begleitet, zusammen.

Schläft dieser Mann so ist er im Seelenzimmer des Seelenmanns.

Ist er wach, arbeitet er draussen, oder rennt sonst herum.

So eine Gesamtseele ist nach Bedarf aufgebaut wie ein Haus. Bei diesem Mann ist normalerweise im Nebenzimmer die Seelenfrau aus früheren weiblichen Leben wohnhaft. So wie die beiden umgehen und sich kennen, ist auch die Trennwand der Zimmer zwischen Seelenmann und Seelenfrau beschaffen - von der Türe, die keiner abschliesst und Wänden aus Pergament - bis zur Sicherheitstüre und schalldichten Wänden. Es ist eben ihr eigenes Seelenhaus.

Nun kann der Seelenmann noch einen Bruder im Zimmer haben, oder der Opa ist häufig zu Besuch. Auch andere Seelen, die aus frühren Zeiten und Inkarnationen noch da sind, können ihre Ecke oder das Zentrum des Zimmers belegen. All diese Gäste im innersten Seelenzimmer wohnen zu lassen, oder sie raus zu komplimentieren, hängen von der Kraft, dem Mut und Willen des Zimmerchefs ab. Ein Gast kann dominant werden und der eigentliche Chef darf in einer Ecke ruhig bleiben. Ausserhalb der Seelenzimmer sind die Gästeräume, da sind Gäste im äusseren Ring, die kommen und gehen nur um am Leben zu lernen und mit den Seelen zu plaudern. Man kennt nicht alle sehr gut; sie sind ja auch verschieden lange da. Alle diese Konstellationen können im Frauenseelenzimmer auch auftreten.

Sollten im Idealfall männliche und weibliche Seelen im Haus gut zusammenarbeiten, sich gut kennen und ergänzen, so geschieht im Leben dasselbe in einer Partnerschaft.

Das Leben bekommt Vorschläge von beiden, eine Situation zu gestalten.

Extremisten, wie Machos oder Feministinnen, haben keinen Zugang zum anderen Seelenteil, der mässigend oder vernünftig ausgleichend mitredet.

Erdgebundene Seelen!

Gibt es jemand der sich in den Gefühlen nur mit dem Leben befasst und eine grosse Lebensarbeit noch machen will oder noch auf einen Endsieg ausharren will! So kann es bei einem plötzlichen Tod passieren, dass die Seele, die dem Leben nahe steht diese Arbeit im Geiste lange Zeit weiterzieht.

Der Seelenpartner hatte mehr Abstand zum Leben und wird die Geschäfte weiterführen, sogar ein neues Leben gründen und mitgestalten. Auch in dieser Zeit kann der Partner noch auf das Ende seiner Arbeit hinwirken und nicht erkennen, dass er alles ohne ein Leben tut. So eine Seele kann auch auf Reisen gehen, um diese Arbeit zu erreichen, aber irgendwann wird sie zum Partner zurückfinden.

„Ich war wohl lange weg, hab nicht mitbekommen, dass du in einem Leben bist, tut mir leid. Ich will versuchen, etwas aufzuarbeiten oder nachzuholen, was ist denn so gelaufen?"

Licht und Schatten in
der Natur und im Geiste

Ein Obstbauer versucht mit den richtigen Pflanzabständen und dem Baumschnitt das Optimum an Früchten zu produzieren. Geistreiche Engpflanzungen, die viel Pflanzenwärme entwickeln, sind sehr fruchtbar. Aber es bedarf viel Fachkenntnis und Pflegegefühl. Durch gefühlvolle Pflege wird das Licht- und Schattenverhältnis jeden Baumes bis ins Alter harmonisch gehalten. So ein Baum fruchtet mit guter Qualität bis ins Alter. Ein naturbelassener, ungeschnittener Baum würde mit seinen eigenen Potentialen Qualität, Erntemenge und Langlebigkeit hindern.

Ein ausgewogenes Schatten- und Lichtspiel ist auch im Geist für eine langanhaltende Produktivität wichtig.

Ein Menschenbaum, der im Geiste alle Triebe und Blätter nur an der Sonne glaubt, wird unbemerkt Schatten und Schattenblätter produzieren und so ganz ungewollt auch Schattenfrüchte bekommen.

In dem man sich damit auseinander setzt, dass jeder Geist seinen Schatten produziert, kann man geeignete Massnahmen zur Harmonie treffen.

Sonnige süsse Früchte, trägt ein Menschengeistbaum, der die Sonne in sein Herz scheinen lässt, also nicht nur einen besonnten Kopf hat.

Wenn der Kopf des Menschenbaumes, also der Menschengeist, so sonnenhungrig, lichthungrig ist, wird er dem Zentrum des Baumes, also dem Herzen der Gefühle, keine Aufmerksamkeit schenken und zulassen, dass alles an den Schatten kommt. Durch seine obere Überlast wird alles, was der Baumkopf nicht sehen will, zugedeckt und am tiefen Schatten versinken und am Ende von innen her auskahlen.

Durch Harmonie im Denken kann man selber die Kraft und das Licht in das Zentrum des Fühlens leiten, indem man Schatten und Licht in Harmonie zulässt, wird der Menschengeist produktiv bleiben.

An den Früchten sollt ihr sie erkennen.

Der Obstbaum

An den Früchten sollt ihr sie erkennen.

Obstbäume werden normalerweise auf genormte Unterlagen aufgepfropft, so entsteht eine einheitliche Obstplantage.

Die Unterschiede in Qualität und Erntemenge entstehen durch das Können des Pflegebauern, den Standort, Sonneneinstrahlung, Breitengrad, Wasserhaushalt, Vegetationszeit etc.

Diese Gesetzesmässigkeiten würden auch bei Menschen gelten, wenn sie in der Erbmasse identisch währen. Die Menschen sind glücklicherweise aber nicht genormt, das sorgt für mehr Vielfalt.

Jeder Mensch hat einen Wildling als Patron. Jeder Menschenbaum hätte demnach eine genetisch einzigartige Unterlage = Familienerbmasse, Wachstum oder ererbte Lebenserfahrung.

Auf diese Unterlage wird aber kein genormtes Edelreis aufgepfropft. Die Veredlungsreiser sind bei uns Bastarde, jede Rasse oder Sorte sieht zwar ähnlich aus, aber was dann wirklich an Früchten erscheint, ist nur zum Teil vorauszusehen.

Auch die klimatischen Eigenheiten, der Standort und Wasserhaushalt fallen noch mehr ins Gewicht bei diesen Zufallspflanzen.

Vom Können des Bauern, der diesen Lebensbaum bewirtschaftet, hängt auch noch sehr viel ab. Der Vielfalt wäre somit genüge getan, könnte man meinen.

Aber aufgepasst, jetzt beginnt das Spiel:

Es sind da noch die Krankheiten am Holz. Viruskrankheiten erscheinen oft erst im Alter eines Baumes. Die Läuse bringen Viruskrankheiten in den Saft, aber auch die Schnittwerkzeuge. Ganz gemein sind aber Viruskrankheiten, die schon in der Erbmasse der Unterlage oder durch das Veredlungsreis in den Baum kommen und häufig im Alter erst ihr Schadensbild zeigen. Der Baum trägt nur noch kleine Früchte oder sie werden dazu noch bitter.

Nun komme ich zu dem, was ich in der Baumsprache für den menschlichen Geist und das Seelenleben sagen will.

Ein Mensch wächst heran, geformt aus den Eigenheiten in Körper und Geist seiner Ahnen. Geformt durch die Umwelt, die Lebensweise einer Kultur und geformt durch die eigenen und fremden geistigen Einflüsse.

So ein Mensch wird eigenständig, er wird sich selber. Häufig in der Mitte seines Lebens kommt eine Krise. Er sucht etwas oder wird von etwas besucht.

Das ist wie ein Virus, die Früchte, die der Mensch trägt, sind anders geworden. Gerade in dieser Zeit, in der alles im Leben grade aus laufen könnte, aber man sucht etwas, oder man wird besucht. Man sucht vielleicht den eigentlichen Sinn des Lebens oder man sucht nach der und den Seelen im eigenen inneren Seelenhaus. Dann melden sich unbemerkt auch Ahnen, die einem sehr ähnlich „nah wie ein Ahne sind". Sie sind oft schon lange gestorben und möchten bei einem Nahen ihre Arbeit weiter fortführen oder eigene Versäumnisse wider gut machen. Sie benutzen den suchenden Menschengeist für ihre Zwecke, oder wollen im harmlosen Fall nur etwas dabei sein beim Suchen und etwas lernen.

Sind die Ziele und Wünsche so eines Gastes, der unbemerkt bleibt, fordernd und nachdrücklich, so wird dir gesagt, "Du hast dich in letzter Zeit stark verändert" in welcher Art und Weise auch immer. Bist du auf einem Trip? Wenn man erkennt was da passiert, kann man sein ureigenes Ich in die gleiche Richtung arbeiten lassen. Es wird ein rasanter Auf- und Abbau. Sind diese Machenschaften nicht nach dem eigenen Ich, kann man mutlos zuschauen was mit einem getrieben wird, oder aber den eingedrungenen Geist in ein Seelennebenzimmer komplimentieren, von wo er nur zusehen und hören, also mitfühlen und somit doch etwas lernen kann. So ein Gast darf ja auch wieder gehen, wenn er keine Rolle im Theater hat.

Ich habe schon manchen Obstbaum mit Virusfrüchten gesehen, der später wieder süsse normale Früchte trug.

Das Verhältnis zwischen den
Seelen und dem Leben

Durch die tägliche Arbeit und Kreativität am Arbeitsplatz und im Privaten, Familien und Freundeskreis, entstehen Gefühle, die den Seelen übermittelt werden.

Je nach Vorlieben und Abneigungen im Alltag, sehen solche Übermittlungen auch aus.

Alle Vorlagen und Beurteilungsarten, die der Menschenalltag den Seelen übermittelt, ist Anlass im Seelenleben dieses geschäftige oder mässige Treiben nachzuvollziehen. Die Seelen spielen mit diesen Informationen. So wird in der Seelenfinca oder Seelenwerkstatt ähnliches im Geist ausprobiert, nachgebaut, nachgefühlt. Ist dieses nachgebaute Wirken verständlich und logisch, finden die Informationen ihren Platz in der Seeleneinstellung.

Unverständliche Punkte, sei es, dass sich das Leben selbst anlügt oder die alten Seeleneinstellungen verwerfen solches Handeln, führen in einen Konflikt.

Das Leben oder die Seelen können nochmals Erklärungen anfordern. Kann keine Übereinkunft oder Gesamtlösung gefunden werden, bleibt nur noch die Auseinandersetzung zwischen dem Leben und den Seelen.

Das Leben schlägt um sich, mit Wut oder Verweigerung. Die Seelen schlagen zurück mit Unwohlsein und Krankheiten.

Sogar dann kann noch in Ruhe eine Lösung gefunden werden, solange die Geschäfte ordentlich geführt werden, es kann gelernt werden.

Schwierige Konflikte entstehen, wenn im Leben Männlichkeit und Weiblichkeit gegen einander arbeiten. Ebenso entstehen in den Seelen Schwierigkeiten, wenn Männlichkeit und Weiblichkeit gegen einander arbeiten oder Seelengäste Verwirrung stiften.

Insgesamt müssen aber doch alle Sachfragen angegangen werden, tut man das im Leben, so ziehen die Seelen nach. Verweigerung und Aufschieben erhöhen nur die Last, die durch das Leben getragen wird.

Besuche

Wir können in wachen Zustand an Verwandte, Freunde oder auch an Haustiere denken. So können wir unsere Lieben oder Fremde im Geiste besuchen. Die Seelen besuchen auch ihre Bekannten und nahen Freunde. Wenn wir davon träumen, wird es dem Schlafenden mitgeteilt. Es gibt belanglose Besuche, reine Formsache oder manchmal ist es auch Arbeit, den Bruder oder die Schwester im Seelenzimmer zu besuchen.

Es kann gezeigt werden wie es im innersten Ich, im Seelenzimmer zugeht, um die Verwandten kennen zu lernen. Auch auf der Seelenfinca von Geschwistern war ich schon. Da wird die Sichtweise der eigenen Seele über das Streben, Denken und Fühlen eines Geschwisterteils gezeigt. Solche bildhaften Gefühlsträume müssen dann aber noch im wachen Zustand übersetzt und gedeutet werden.

Das Jenseits, die Welt unserer Seelen

Die Menschheit hat immer schon nach dem Jenseits gesucht. Was ist nach dem körperlichen Tod?

Könige, Priester oder aber nur gewöhnliche Leute wurden mit Ritualen und Drogen in einen Zustand gebracht, um in die Zukunft oder in das Jenseits zu sehen. Das ist aber eine Flucht nach vorne, oder besser es wurde im Aussen gesucht.

Das Jenseits oder die Seelenwelt ist aber immer in uns. Träume werden uns von den Seelen in uns gezeigt, es ist eine Kommunikation zwischen Seelen und Körper, also auch zwischen Jenseits und Leben.

Wenn man sich bemüht, Träume zuzulassen und zu verstehen oder gar auszuwerten, kommuniziert man mit dem Jenseits. Gewisse Träume zeigen auch dem Körper wie die Seelen gewisse Themen verarbeiten oder auch wiederkäuen.

Die Denkweise und Gefühlssituation im Leben wird von den Seelen als Spiel weiterverarbeitet. Es gibt aus dem so genannten Jenseits in uns Rückmeldungen dieser Gefühlsspiele an das Leben.

Wertvolle Träume werden gezeigt, wenn Ruhe, Arbeitsamkeit und Gelassenheit im Leben da sind. Solche Träume oder Gefühle in harmonischen Zeiten haben einen Nutzen.

Alles, was mit roher Gewalt hervorgeholt wird, sei es mit intensiven Ritualen oder Drogen, ist ein Aufwühlen.

Da ist der Bodensatz im Seelengefäss aufgerührt. Es ist das Herholen der Seelenunterwelt und darf nicht als Weisheit gelten. Das ist auch kein Sehen in die Zukunft.

Bei Urvölkern im tropischen Brasilien haben solche Exzesse mit Drogen während Totenehrfesten oft zu Tötungen und Krieg geführt, weil zuviel der Unterwelt aufgerührt wurde.

So wurde das Spiel wieder neu verteilt.

In unserer so belesenen Welt geschieht ein Herholen der Unterwelten oft auch über Bücher von versunkenen Reichen, Atlantis etc.

Sich selber in Phantasieorten zu suchen, kann zu einer Sucht werden. Es ist auch das Suchen im Aussen. Das eigenste innere Ich wird nur in Ruhe und Gelassenheit, ohne Anstrengung, seinen Weg zu uns finden.

Jules Vernes Reise zum Mittelpunkt der Erde ist eigentlich die Reise auf seine Seelenfinca, entstanden durch das Arbeiten im Leben mit seinen Fragen.

Jeder Mensch kann in der Seele eine zweite Finca haben. Bei mir ist es eine doppelte Finca.

Einen ruhigen Teil, meiner Seelenfrau, satte Wiesen, darauf einige grosse Bäume, gut sonnig und warm. Der aufbauende Teil mit vielen Neupflanzungen und Versuchen gehört der Männlichen Seele, die mit dem Leben ähnliche Projekte als Vorlage hat. Je nach dem mit welchen Vorlieben oder Abwertungen man durch das Leben geht, sieht die Seelenfinca aus.

Der Arbeitsplatz, das Projektbüro, das Künstleratelier, die Bastlerwerkstatt, das Fitnesszentrum etc.. Jedem seine eigene Seelenfinca, um darin zu arbeiten oder Ferien zu machen.

Hausgeister

Ein Hausgeist ist nach meiner Meinung die Seele eines früheren Hausbewohners. Nach seinem meist tragischen Tod ist dieses Geistwesen nicht im Seelenhaus weiter gezogen, sondern im irdischen Haus verhaftet geblieben.

Der Seelenpartner, so eines erd- oder ortsgebundenen Seelengeistes, ist weiter gezogen und wartet wahrscheinlich auf die Heimkehr des Partners.

So ein Hausgeist hat wahrscheinlich beim Ableben des letzten Körpers schreckliche Dinge getan, oder sie wurden ihm zugefügt. Aber auch für eine Tat noch Sühne tun zu können, ist ein Grund, den körperlichen eigenen Tod nicht zu erkennen oder zu verdrängen.

Ein Hausgeist oder besser die Seele, die das Haus nicht verlässt, versucht mit den neuen Hausbesitzern zu reden. Mit den Körpern der neuen Hausbesitzer kann aber keine Verständigung erfolgen. Dieses geisternde Wesen kommuniziert mit den Seelen der Bewohner. Es ist also im Seelenhaus der Hausbesitzer, und kann sie kaum akzeptieren. Töne oder Bilder, die so eine Geisterseele den betroffenen Hausbewohnern zeigt, sind wie ein Traum, den andere Seelen uns zeigen. Der Umstand im wachen Zustand den Geist zu sehen, ist ein Tagtraum.

Am stärksten sind Kleinkinder von solchen Seelenbesuch betroffen. Ihre Seelen haben noch einen offenen Verständigungskanal zum Leben.

Mit der eigenen Seele zu kommunizieren und dieser verlorenen Geisterseele ein gefühlsmässiges

Gehör und Zuwendung zu geben, verbessert die Lage. Wegschauen, weghören, macht so eine Geisterseele aggressiv. Ohne Hilfsbereitschaft der Hausbewohner wird die Geisterseele versuchen, die Bewohner zu verscheuchen.

Energetisches Heilen

Energetisches Heilen, so wie es Naturtalente, ausgestattet mit einer göttlichen Kraft tun, ist ein Geschenk für den Behandelten! Schweres Leid und grosse Schmerzen, aber auch Lust und Freude, sind im Körper aus diesem Leben, in den Energiebahnen unterwegs oder im Zellgedächtnis eingelagert.

Auch die Schmerzen und das Leid, aber auch die Freude aus vergangenen Leben sind im Zellgedächtnis an ganz speziellen Stellen eingelagert.

Wenn im jetzigen Leben dramatische Situationen entstehen, so können eingelagerte Altlasten aus diesem Leben, aber auch aus der Vergangenheit der Seelen erweckt werden.

In einer solchen Situation, kommt zum momentanen Schmerz oder einer Wut, noch das der Altlasten dazu. So aufgemischt kann ein Mensch durchdrehen oder es haut ihn um. Es kann ein Amokläufer entstehen, oder ein völliger Nervenzusammenbruch erfolgt.

Eine friedliche Lösung, solche Altlasten zu sanieren, bietet das energetische Heilen an.

Diese Schmerzpunkte werden vom energetischen Behandler mit Massagetechnik aufgestöbert und mit Energie, die vom Universum durch den Behandler fliesst, gesprengt, aufgelöst, an die Oberfläche gebracht und abtransportiert.

Die kosmische gute Energie, die Heilen kann, fliesst aber auch bei anderen Energiebehandlungen. Es ist Gottes Liebe und Wärme.

Die schwere Energie, die ein Masseur aufnimmt, wird bei mir mit schwerem Atem oder Verlachen aus dem Körper entlassen und wird durch Gottes Liebe aufgelöst.

Diese schwere Energie würde einen Masseur rasch krank machen, wenn sie nicht weiterverarbeitet würde. Diese schwere Energie jeder Behandlung, man tut etwas mit den Händen, dient auch dazu, dem Masseur seine eigenen Schmerzen aufzuzeigen und zu nehmen und Ihm mit der Zeit das grosse Wissen zu geben, was es alles gibt.

Bei einem Patienten schwarze Energie aufzustöbern und aufzubrechen ist nur möglich, wenn der Körper des Masseurs ein Wissen über die Vielfalt der vorhandenen Punkte und Schwingungen hat.

Eine Energiebehandlung kann aber nur Erfolg haben, wenn der Patient sich hergibt, seinen Geist und die Gefühle stark öffnet, nichts mehr unterdrückt oder wegschliessen will. Aus seinem innersten Kern muss klar sein, dass die Behandlung nützt. Zweifel an der Behandlung sind Zweifel daran, gesund zu werden.

Das Wichtigste ist aber nicht die Behandlung, sondern mit den eigenen Seelen zu reden und alle Gefühle zuzulassen. Es gibt keine Heilung, denn durch Gott, sagte Paracelsus. Nur über die Seelen die Gottes Licht sind, gibt es Heilung.

Hanspeter Eisenhut

Psychologie als Heilmethode

Psychologie ist oder sollte bei jeder Heilmethode dabei sein.

Der Menschengeist soll lernen mit dem Seelengeiste zu verhandeln. Unpässlichkeiten, die der Körper spürt - Stress und Krankheiten als Sprache der Seele zu verstehen und daraus zu lernen, was zu tun ist um Altlasten des männlichen und weiblichen Intellekts der Seelen und des Körpers zu erkennen.

Es muss gelernt werden, was die Seelen lernen sollten. Es sollte erkannt werden, was der Körper lernen sollte. Das Wohlbefinden und Unwohlbefinden im Geiste und Körper zeigt es uns.

Ein Psychologe tut eine wertvolle Arbeit:

Der Abfall der beim Arbeiten mit Menschen entsteht, braucht der Psychologe aber, um sich selber zu heilen und um sich grösseres Wissen anzueignen. Der Meister und Lehrling. Ein guter Psychologe ist demnach ein Egoist, der dieses Arbeiten für sich selber braucht!

Nur ein Psychopath erkennt einen anderen Psychopaten!

Psychologie so interessant zu finden und alles psychologisch auswerten zu wollen, deutet darauf hin, in früheren Leben viel Zeit damit verbracht zu haben.

Auch grosse Künstler in Bild oder Skulptur, sind oft grosse Psychopaten, die mit ihren Werken, ein Segen für die Nachwelt sind. In erster Linie werden sie es aber wohl tun, um in dieser Kreativität das eigene Ich zu finden und die grossen Sehnsüchte sichtbar zu machen und Abgründe zu formulieren.

Friede oder Schein im eigenen Inneren Ich zu zeigen und das verzerrte eigene Ich zu präsentieren. Oder zu fragen, wer sieht in meiner schönen Blumenwiese, meinen Psychopaten. Wie lange hat es gedauert bis ich erkannt wurde.

Die grössten Psychopaten sind allerdings jene die glauben, bei ihnen sei alles in Ordnung.

Hanspeter Eisenhut

Energiemassage,

was ist das?

Der Energiemasseur ist ein Werkzeug, durch den mit kosmischer Energie = (Gottes Liebe) dem Patienten geholfen wird.

Dunkle Schmerz- und Gefühlsdepots, die im Zellgedächtnis eingelagert, sind werden aufgespürt, mit warmer Energie gesprengt und aufgefüllt. Die dunkle Energie wird abgeführt oder an die Oberfläche gebracht, zum Abtransport.

Es ist auch eine Kommunikation zwischen den Seelen des Masseurs und den Patienten.

Die eingelagerten Schmerzen und Gefühle werden nach dem Aufspüren auch real erlebt. Das Beste ist solche Schmerzen und Gefühle in einer Sitzung herauszuschreien oder herauszuweinen.

Ist der Bunker leer, lacht der Patient oder der Masseur, oder beide, aus einem inneren Gefühl darüber.

Dunkle Energie mit sehr tiefer Schwingung löst sich oft nicht einfach so, durch helle hohe Energie. Dann benutze ich aus einem inneren Gefühl heraus, instinktiv die richtigen Urlaute, hernach kann abtransportiert werden.

Es wird nicht mit dem Verstand gearbeitet, die richtigen Gefühle leiten die Sitzung.

In so einer Sitzung wird nur gearbeitet und gefühlt. Das ganze Spektrum an Gefühlen kann angesprochen werden und dies beim Patienten und dem Masseur.

An gewissen Stellen fliessen die Gefühle oft sehr stark und ich kann Bilder aus der Vergangenheit sehen - die Gefühle werden sichtbar. Wenn ein Schmerzdepot aufgelöst und aufgefüllt ist, so wird der Druck weggenommen. Der empfundene Druckschmerz ist wichtig, das Gehirn lernt sehr schnell, der Schmerz ist weg, es tut gut. Für mich zeigt sich keine Regung, wie gross der Schmerz beim Patienten ist, ich werde nach meinem Gefühl weiterarbeiten. Dafür kann der Patient im Geiste diesen Schmerz mir überlassen so dass es ihm nicht mehr weh tut.

Sehr nützlich ist die Energiemassage für Phantomschmerzen. Nicht aufgearbeitete Wunden, Schlagstellen, Würgemale aus der Seelenvorzeit, meist so auch dazugehörende Todeserlebnisse, stören im jetzigen Leben, es ist psychosomatisch. Solche Speerstiche oder Axthiebe usw., finde ich einfach, es zieht mich an, und wartet bis die Arbeit getan ist. Nach der Arbeit, heilt die Wunde rasch, auch im Geiste.

Fehlende oder mangelnde Energieströme im Körper können gefunden und aufgedeckt werden. Ein Schockzustand im Energiesystem aus der Seelenvergangenheit kann noch teilweise aktiv in diesem Leben sein. Oft genügt es schon, die Energieschlösser zu drücken.

So eine Energiemassage verbessert den Energiefluss, auch wenn nichts gefunden wurde. Es macht fit. Je nach dem wie viel Gefühle und Schmerz ein Patient loszulassen gewillt ist, wird es eine ruhige oder gefühlvolle Sitzung.

Es gibt auch Patienten, die lassen nichts nach aussen. Das liegt aber sehr selten am Masseur mit einem schlechten Tag etc., es ist meist eine alte Seelenmanie nichts nach aussen zu zeigen.

In diesem Fall kann man nicht helfen, es muss sich sowieso jeder selbst helfen oder um Hilfe bitten.

Träume

Ich kenne viele Arten von Träumen, meistens sind es Botschaften der Seelen an das Leben. Ausnahmen sind Wunschträume des Lebens an sich selber, z.B. wenn der Lebenspartner weit weg ist und man sich einsam fühlt und grosse Sehnsucht entsteht.

Albträume entstehen, meiner Meinung nach, wenn im täglichen Leben die Gefühlsgeschäfte und Ängste nicht deutlich aufgetischt werden. Die Seelen bekommen eine Übermittlung, die sie nur ungenau nachfühlen können. Die Seelen spüren, dass das Leben Ängste und Gefühle nicht deutlich genug herauslässt. So können auch Träume wälzend und störend sein. Es kann nicht verstanden werden, was gelernt werden soll, es soll nur wachgerüttelt werden. Wie du mir, so ich dir!

In den Träumen reden die Seelen zu dem Leben. Das Verhältnis der Seelen zum Leben, also wie gut die Beziehungen sind, wird verdeutlicht. Das Verhältnis von Seelenmann und Seelenfrau kann gezeigt werden. Auch die Geschäfte mit Seelengästen können wir sehen.

Ich kenne aber auch Hilfsträume, wenn vor einer anstehenden Massagesitzung etwas gezeigt wird.

Häufig ist man im Traum alles selber. Leute, die man vom Aussehen her nicht kennt, aber doch sehr bekannt sind, weisen einen Teil des Seelenlebens aus. Leute, die man vom Dorf oder der Arbeit kennt, sind meist gezeigte Wesensarten in uns.

Marktgeschäfte gibt es bei mir als Marktfahrer recht häufig. Es wird gezeigt wie man mit Gefühlsgütern und den Früchten des Lebens umgehen kann oder sollte.

Wenn die Geschwister besucht werden, kann das Leben sehen, dass die Seelen nahe Verwandte kennen.

Das eigene Seelenhaus oder die Seelenfinca kann gezeigt werden und ist oft ganz anders als das reale Lebenshaus und die Ländereien.

Ängste und Sehnsüchte des Lebens oder der Seelen werden im Traum verdeutlicht, um daran zu arbeiten und zu lernen.

Je nach Beruf, Kreativität und Lebenseinstellung werden die Gefühle und Bilder dem Leben zur Auswertung überreicht.

Indem die Seelen merken, dass man Träume aufschreibt und aus dem eigenen Gefühl deutet, wird ein neuer Übermittlungskanal eröffnet. Ein Tunnel in die andere Welt, dem Jenseits, ist offen. Einmal richtig gedeutete Seelensprache führt dahin, dass die Seelen auf das zurückgreifen, das dem

Menschengeist mühelos bekannt ist, um so effektiver zu übermitteln.

Die Seelen bekommen in jedem Menschenleben einen neuen Gesprächspartner und müssen auskundschaften, wie und mit welchen Gefühlen und Bildern eine Kommunikation sein könnte.

Es beginnt ein lustvolles Spiel für die Seelen und das Leben.

Ein gewisser Teil der Träume lässt sich sehen, wie ein raffiniert zusammen geschnittener Film, aus allen Gegebenheiten, Bildern und Gefühlen über grosse Zeitabschnitte des Lebens. Daraus deute ich für mich nur die Gefühle. Diese Filme waren aber noch nie nachgebaute Kinofilme. Diese Filme im eigenen Seelengeist produziert, lassen erahnen, welche unbegrenzten Möglichkeiten die Seelen besitzen. Die einzelnen Bilder und Gefühle haben wir aus dem Leben alle schon einmal übermittelt. Unser ganzes Leben ist demnach mit Bildern, Situationen und Gefühlen bei den Seelen eingelagert.

Wer sich im Leben an fast alle Kleinigkeiten erinnern kann, hat einen guten Kanal um an diese eingelagerten Ereignisse zu gelangen. Nur durch ein Verdrängen, Verweigern und Wegschliessen von Gefühlen, geht die Einlagerung und die Fähigkeit des Widerfindens verloren.

Träume vergraben oder wegspülen, heisst Frust und Resignation für die Seelen. Es müssen neue Wege zur Verständigung gefunden werden.

Unwohlsein, oder Schlafstörungen können der Anfang einer neuen Übermittlungsart an das Leben sein.

In den Träumen sind oft viele Details und Zeiten nicht real. Nur der Inhalt ist wichtig. Es ist ein Schutz für uns, damit nichts als Weissagung gelten soll.

Das Dorf oder die Region der Abhandlung ist nicht wichtig. Träume lassen mehrere Dimensionen der Auslegung zu. Vom einfach verstandenen Gefühlsinhalt bis hin zum sehr wertvollen Inhalt, um daraus zu lernen.

Alles, was wir in unserem Geiste erschaffen, ist unseres.

Sehr interessant für das Leben ist die spiegelverkehrte Sichtweise der Seelen zu erkennen. Aus der Sicht des Lebens haben wir eine Seele im Zentrum. Aus der Sicht der Seelen wohnt der Körper eine Zeit lang in einem Haus in der Seele.

Gewisse Kreise sagen, man soll Träume an jemand anderes geben, um sie auszuwerten, damit nicht das eigene Ich bei der Auswertung hineinspielt.

Eine Auswertung von aussen müsste aber trotzdem selbst nochmals ausgewertet werden, um sie selber zu verstehen.

Nur was Du mit dem eigenen Geist erarbeitet hast, ist dein eigenes. Fremdauswertung trägt den Geist des Fremden. Jeder Mensch denkt und fühlt einzigartig.

Wenn mein eigener Geist etwas verdrängt oder schöner macht, so ist das im freien eigenen Willen verankert. Hinter die eigenen Geheimnisse zu kommen, ist allerdings ein schönes und hartes Detektivspiel.

Es ist ein grossartiges Detektivspiel, in die eigene Unterwelt zu horchen und jeder Spur nachzugehen. Aus der riesengrossen Seelenfamilie, die jeder einzelne in sich trägt, können auf diese Weise grossartige oder abscheuliche Dinge ans Tageslicht gebracht werden.

Diese Seelenfamilie bin Ich, es ist meine Vergangenheit, aber auch die seelische Vergangenheit meines Seelenpartners und aller Gäste.

Ein richtiger Detektiv lässt sich nicht aufhalten die dunklen Seiten der Vergangenheit zu erforschen und möglichst viele alte Fälle abzuschliessen. In der eigenen Unterwelt keine ungelösten Fälle zu vermuten, gleicht einem Detektiv, der sein Leben lang Ferien gemacht hat.

Die Aussagen jedes einzelnen Traumes aufzuschreiben, ist wichtig, um später sein eigenes Kreuzverhör zu machen. Unsere Informanten, die Seelen im verdeckten und das Leben in der Öffentlichkeit, zeigen oft gute Möglichkeiten, neue und alte, längst verjährte Fälle aus anderen Inkarnationen zu klären.

Ein Informant, der merkt, dass der Herr Inspektor seine Aussagen gar nicht aufschreibt, wird sich in Zukunft zurückhalten.

Darum schreibe ich fast alle Träume auf, und die Informationen fliessen wieder zu mir.

Es folgen einige Träume aus meinem Notizblock. Nicht jede Auswertung ist beigelegt. Der riesengrosse Rest meines Notizblocks ist nicht für öffentlichen Gebrauch bestimmt.

Traum:

Wasser für die Seelenfinca

In meiner Avocadoplantage waren die Bäume weit auseinander gepflanzt. Ich wandelte dazwischen, es war schön sonnig und warm. Es war nicht wichtig, ob es viel oder wenig Früchte hatte. Ich war in meinem Revier, es war lieblich und ich hatte meine Ruhe.

Neben der Plantage gab es ein gleich grosses Grundstück, in der Mitte stand ein Haus mit geschlossenen Fenstern. Ich habe den Bewohner fast nie gesehen.

Dieses Grundstück war von der Avocadofinca mit einer undurchdringlichen Staudenhecke abgetrennt. Beide Grundstücke erreichte ich nur über die obere Zufahrtstrasse. Ich wollte dieses Grundstück mit verschiedenen Bäumen bepflanzen. Jedoch mochte ich nicht so recht, weil ich die Hausbewohner nicht kannte, ich fühlte mich da so ausgestellt.

Jahre später träumte ich anders vom unbebauten Grundstück:

Ich ging zum Haus, rief anständig „Hallo". Der Mann kam heraus und wir standen zusammen an der Sonne. Ich erklärte ihm, dass ich gerne junge Bäume bis zum Haus pflanzen möchte. Ich fragte, ob der ausgesteckte Abstand zum Haus genüge. Der Mann des Hauses gab mir zu verstehen, dass er gerne die Bäume bis ganz nah an das Haus sehen würde. Er zeigte mir dann seine Hebelwasserpumpe hinter dem Haus und fragte, ob er die jungen Bäume bewässern dürfe. Ich bot ihm an, den Schrott um das Haus abzuräumen und er dankte dafür.

Plötzlich hatte ich es eilig, den Boden für eine intensive Obstplantage vorzubereiten. Viele Reihen Bäume habe ich gepflanzt, bis das Grundstück voll war.

Auswertung:
Der weibliche Seelenaspekt sonnt sich lustvoll an der Wärme. Im Ruhestand sollte man auch

keine Existenzängste haben und nur das Liebliche pflegen.

Der männliche Seelenaspekt ist Projektleiter und so die rechte Hand des Lebens. Die männliche Seele musste etwas überwinden, um mit dem Leben zu sprechen. Genau so musste der Mann im Leben sich aus seinem Haus wagen, um mit der nicht bekannten Seele zu reden. Gemeinsam entsteht ein fruchtendes Projekt. Gerne hilft das Leben nun Wasser für die Seelenfinca zu schöpfen.

An den Früchten sollt ihr sie erkennen. Lieber spät als nie.

Traum:

Das gemischte Haus

Ich hatte ein altes Haus gekauft, es war ein Mischwerk aus dem, was ich gekauft hatte, und aus dem, was meine Frau gekauft hatte. Ich hatte noch ein sonniges Zimmer nach Süden eingebaut. In der Scheune oben stand ein riesengrosser Stehwassertank. Ich hatte das Wasser gefiltert und frisch in den sauberen Tank eingefüllt.

Ein Vorbesitzer des Hauses sagte mir: "dieser dünne Schlauch ist von jemanden, der bezieht manchmal Wasser". Der stabile Schlauch war für ein Provisorium sehr gut an den Balken der Scheune angebunden, er führte über die Scheune weg.

Der vorletzte Besitzer sagte, ich möchte, dass dein Vorgänger sich bei mir entschuldigt, und ich rehabilitiert werde. Ich sagte ihm, an so was habe ich auch schon gedacht, aber die Vorbesitzer des Hauses sind tot. Es nützt nichts auf eine Entschuldigung zu warten. Ich bin dazu übergegangen, alles zu verzeihen, was war.

Auswertung:

Man hat in jedem Leben ein neues Seelenhaus, aus dem, was man selber erwirtschaftet hat und aus dem, was der Seelenpartner bringt. Dieses jetzige Seelenhaus kann man nach eigenen Wünschen gestalten und umbauen.

Wasser ist das göttliche Lebenselixier für Leib und Seele. Es enthält das Wissen wie man mit Leib und Seele umgegangen ist.

Jemand hat von diesem Wissen manchmal etwas bezogen. Er ist also ein Wissens- oder Seelenbruder. Er hat wahrscheinlich seinen Tank damit aufgefüllt. Die vergangenen Seelenzeiten sollten sich bei uns entschuldigen, was an Altlasten auf uns zukommt.

Man kann aber die alten Zeiten nicht rehabilitieren, also wieder neu aufleben lassen.

Alles Vergeben und Neuaufarbeiten was erlebt wurde, bringt Fortschritt in das Seelenleben.

Anmerkung:

Auf dem Lebensweg kannst du dir Fincas, Häuser oder andere Immobilien erschaffen. All dies reflektiert die Wünsche der Seele, gewohntes (man hat darin gewohnt) zu besitzen. Wünsche zu gestalten, Neues zu planen. Karges zu verdrängen oder zu verbessern. Immobilien sind nicht mobil, man kann sie nicht mitnehmen.

Aus der Sicht der Seele kann das Leben die Fensterläden dauernd geschlossen halten. Oder die Fensterläden sind immer offen.

Es kann einem aus der Sicht des Lebens ein grosses, schönes, freundliches und helles Haus der Seele gezeigt werden.

Dieses Haus kann aber auch klein, im Schatten und von Bäumen zugewachsen, als kühl erscheinen.

Um diese Häuser herum kann der Garten so lustvoll oder triste ausfallen wie das Leben selbst.

Traum:

Die obere und untere Strasse

Alle gingen auf einer Strasse. Sie war eben und gerade. Es war angenehm hell und warm. Man ging diszipliniert in eine Richtung, ordentlich. Alle sinnierten ohne zu reden, ein angenehmes, philosophisches Gefühl. Dann hatte die Strasse einen, ein Meter breiten Schacht, etwa vier Meter unterhalb war eine parallele Strasse. Einzelne gingen einfach über diesen Schacht hinweg, sie schienen in die Unendlichkeit zu laufen. Jene waren dünn und etwas apathisch. Ich wollte nicht mit ihnen laufen. Ich wählte, so wie die meisten, den Sprung auf die untere Strasse. Ich dachte, das wäre für mich der richtige Weg. Die Landung war hart. Hier unten war man nicht diszipliniert, es war laut und hektisch. Mein Hintermann trat mir dauernd auf die Fersen. Ich drehte mich um, mit einem kräftigen Griff packte ich ihn am Hemd, zog ihn herunter und sagte: " Nimm Abstand, ärgere mich nicht mehr, sonst fälle ich dich wie einen Baum und alle laufen über dich hinweg!"

Ich ging auf der linken Seite, denn am rechten Strassenrand hatten Autoverkäufer, Immobilienhändler, Geldverleiher, Prediger, Trickspieler, Vergnügungsstände usw. ihr Geschäft aufgeschlagen. Viele Leute standen da herum und störten so ein gutes Vorwärtskommen.

Die Strasse führte im grossen Bogen weg von der oberen Strasse. Ich fühlte, dass ich weg von der Heimat laufe.

Auswertung:

Die obere Strasse ist die Kopflinie der Hand, der Seelenweg. Der Absprung ist die Geburt in das Leben, in die Strasse des Lebens, den Lebensweg. Das entspricht der Lebenslinie der Hand.

Man geht zu diesen Marktständen und hat diese Geschäfte, um kaufen zu können. Man ärgert sich an diesen Geschäften. Man ärgert andere mit dem Geschäft. Die Seele möchte alles links überholen und vorwärts kommen. Der Weg der Mitte ist ein Hin und Her, vom Geschäft zum Seelenweg, immer hin und her.

Traum:

Die Prüfung

Irgendwann fand ich mich auf einer Schulbank in einer Prüfung. Ein schräg abgeschnittener alter Wasserhahn, der verglüht war, wurde mir vom seriösen Prüfungsexperten überreicht. Er fragte, was daran falsch sei? Ich sagte, man hätte zum Abschneiden den Winkelschleifer oben ansetzen sollen, aber das spielt keine Rolle, das Werkstück sei wertlos, ich interessiere mich mehr, für das, was kommen soll. Er nickte und ich hatte bestanden. Ein anderer hatte zwanzig Werkstücke auf seinem Tisch, je besser er Auskunft gab, je mehr Fragen wurden gestellt. Sein Kopf war hochrot, obwohl er alles wusste.

Auswertung:
Ich wurde mit einem Werkstück geprüft, dabei habe ich mit dem Gefühl geantwortet, es ging gut. Das ist die weibliche Seite der Seele im Menschen.

Die männliche Seite der Seele im Menschen ist bei mir mehr auf der Seite des Fachwissens zu suchen. Arbeit zieht Arbeit nach sich.

Der Prüfling hat profitiert, er durfte seinen Intellekt benutzen und an seinem Geiste arbeiten. Er durfte Ausdauer und Härte im Nehmen üben. Am allermeisten haben aber die Experten gelernt. Sie haben wahrscheinlich eine Evolution im Wissen erlebt.

Mann und Frau in der Seele ergänzen sich. Zu zweit sind sie stark, beide kommen am Schluss irgendwo an.

Traum:

Die Autobahnbrücke

Ich war auf einer Autobahnbrücke, viele Spuren in die gleiche Richtung. Alle Autos standen still, ohne Insassen. Zuerst schob ich ein Wohnmobil an, doch da war plötzlich einer am Steuer und verschloss die Fahrertüre. Dieses Wohnmobil fuhr ganz langsam, ohne Motor auf der Brücke gerade aus. Ich konnte nicht einsteigen. Hinter mir krachte es, bei einem PKW fiel die Fahrertüre zu Boden, es war wohl ein Unfall.

Dann schob ich einen grossen Lieferwagen an, aber leider habe ich durch das Stossen die Schiebefahrertüre zugestossen und konnte wieder nicht einsteigen. Auch dieses Auto fuhr ohne Motor über die Brücke weg. Dann schob ich diesen rassigen Personenwagen ohne Fahrertüre an. Nun konnte ich ein und aussteigen wie ich wollte und den dreier Autozug überwachen. Es ist nur das Gefühl geblieben, ohne Türe ist es riskant.

Auswertung:

Das Wohnmobil des Lebens wird durch die Seele angeschoben. Der Mensch ist am Steuer der Kutscher. Das Wohnmobil hat Platz und Komfort für die Familie. Das Wohnmobil ist geeignet, dort zu halten und zu campieren, wo es einem gefällt. Das Wohnmobil kann individuell ausgestattet werden. Gott allein weiss, wie lange und wie breit wir wohnen auf dieser Erde. Das Wohnmobil kann ausser dem Fahrer, die Seele und Gäste bei sich aufnehmen.

Der grosse Lieferwagen trägt die Lasten des Lebens über die Brücke. Der grosse Lieferwagen für die Akten der Seele fährt hinter dem Leben her, er kann noch zuladen oder entladen werden. Wie gross er sein soll, bestimmt die seelische Geschäftsleitung.

Der wendige PKW hatte einen Unfall, die Seele kann ein- und aussteigen wie sie will. Ich verlor auf der linken Seite eine Türe, zum Lernen (Schädelbruch).

Ein herziger offener Wagen (offene Herzlinie). In einem solch offenen Wagen kann es kalt werden. Der wendige PKW hatte früh einen Unfall und wurde erst zuletzt angeschoben. Der wendige PKW ist geeignet, das Leben und die Seele mit ihren Lasten über die Lebensbrücke zu geleiten.

Traum:

Mann und Frau in der Seele besuchen den Körper

Ich sortierte etwas: Da kam eine jüngere schöne mittelgrosse Frau mit kräftigen Knochen und Feuerhänden auf den Hof. Sie war mir sehr sympathisch, ich kannte sie von irgendwoher, ich war gerne neben ihr.

Sie ging in unser Eheschlafzimmer und entblösste sich, legte sich räkelnd mit dem Rücken auf meine Betthälfte. Karin, meine Frau, schien als wollte sie diese Frau trösten und streicheln, setzte sich dann aber auf die Bettkante ihres Bettteils. Ich sagte zu der Frau halb aus Spass: Das ist meine Betthälfte, alles was drin ist, ist auch meins und küsste sie auf die linke pralle Brustwarze, da begann die Frau zu schluchzen und beklagte sich über ihren Mann.

Ich sortierte weiter.

Es kam ihr Ehemann, ein gross gewachsener, energiegeladener, forscher, unruhiger, flinker Typ. Er wirkte etwas eifersüchtig, sehr intellektuell und schien gar nicht so zur Frau zu passen. In mir entstand das Gefühl, die zwei müssen das ohne mich regeln, wie sie zusammenleben, dennoch empfand ich Mitgefühl und Hilfsbereitschaft.

Traum:

Das Revier von Mann und Frau in der Seele

Ich war mit meiner Partnerin an einem langen See. Am Ausgangspunkt war Wiese bis zum See. Wir wollten auf die andere Seite des Sees: sie sagte nett: " komm, ich kenne mich aus". Wie die Überfahrt geschah, war nicht klar. Am anderen Ufer vom See angelangt, war es lieblich, aber es wurde mir rasch langweilig, ich ging zurück zum Wiesenufer.

Weiter oben am See wollte ich übersetzen. Diese Überfahrt war weit und unsicher, ich wusste nicht mal mehr, ob die Partnerin dabei war, dafür war dieses andere Ufer überwältigend. Es gab Pflanzen in allen Varianten, viele verschiedene Tiere waren da. Dichter Wald mit Lichtungen. Ich hielt Ausschau, wo ich dann wohl mit meiner Partnerin zuerst gewesen sei, ich fand auch in der Ferne diesen Ort nicht mehr. Mir kam der Gedanke, wo denn wohl meine Partnerin jetzt sei. Jedoch war ich rasch wieder überwältigt, was es hier zu sehen gab.

Traum:

Auf der Brücke

Ich war auf einer kleinen Bogenbrücke und schaute auf den Bach darunter. Es kam ein schlanker grosser Mann, wir unterhielten uns lange. Die Frau die mit dabei war, schaute weg. Der Mann und ich waren uns einig, gerne zu provozieren. Er zog sich aus und legte sich auf mich, es war nicht unangenehm.

Es war aber kein Sex, nur um die Spiesbürger zu schockieren.

Später wieder angezogen sagte ich, ich lese Hände und weiss etwas über Gesichtsanalyse.

Der Mann sagte, Gesichtsanalyse habe ich in der alten Intellektuellen Zeit gelernt und fragte, was ist das:

In seinem linken Ohr steckte eine Art Flöte mit zwei Reihen Löchern. Er fragte was ist das?

Die dritte Reihe Löcher fehlt, was heisst das? Ich konnte keine Antwort geben, ich hatte keine Flöte, wusste nichts darüber.

Das ist mein Seelenmann, sehr viel intellektueller als ich im Leben. Ein komischer Vogel, mein zweites Ich.

Traum:

Im Zug

Im Zug habe ich mit einem Mann über Energien gesprochen: Eine Frau hat zugehört.

Ich sagte, wenn die Seele den Körper verlässt, zieht sie für die grosse Reise aus den lebenden Dimensionen dem Körper und auch anderen lebenden Leuten grosse Energiemengen ab, danach kann der Tod eintreten.

Der andere Mann sagte diese Energie kommt aber wieder zurück, wenn ein neues Leben gestartet wird. Diese Lichtenergie, ist der Grund dass überhaupt ein Leben entstehen kann.

Müde schläft man ein, frisch erwacht der neue Tag.

Traum:

Die Fahrt zum Bauern

Ich war mit dem Lieferwagen weit weg gefahren, zu einem Bauern. Seine Gemüsefelder waren grün. Beim Wegfahren sah ich auf den Komposthaufen alte Mohrrüben, ein Meter lang, Pastinaken, eineinhalb Meter lang, Zucchini, zwei Meter lang. Er hat wohl nicht alles verkaufen können oder zu spät geerntet. Auf dem Heimweg mit dem Auto wollte ich einen Feldweg zwischen den zwei Stücken Land als Abkürzung benutzen. Ich war schon die Abfahrt hinunter gefahren, da sah ich den Bauern auf dem Feld spazieren gehen. Ich fuhr sofort zurück, die Rampe hoch, es ist ganz gut gegangen. Ich wollte nicht über seinen Feldweg fahren. Ich fuhr also um das ganze Grundstück herum. Die zweite Parzelle war ein Hochstammobstgarten, aber sehr gut sonnig und die Wiese war schön grün. Der Heimweg war weit, ich hatte bedenken, ob der Treibstoff reicht. Gut, dass ich ein sparsames Auto habe dachte ich. Ich suchte die Tankanzeige und fand sie kaum.

Ich hatte je ein Töpfchen Büschelchili und Apfelchili dabei, nur Topf und Früchte.

Traum:

Die Angst vor dem Grobian
in meinem afrikanischen Dorf

Ich war in so etwas wie in einem afrikanischen Dorf. Es lebte da in einer Hütte ein Riese, ein Grobian, der zwar etwas konnte, aber ich fürchtete mich vor ihm. Die anderen Dorfbewohner waren nicht so auffällig und machten mir keine Angst.

Eines Tages schien es als wäre der Riese wie ein Stoffteddybär ohne Füllung, so zusammengeklappt und kraftlos.

Ich legte ihn über den rechten Arm. Er war leicht und hing wie ein leerer Sack herunter. Ich hatte nur Bedenken, dass er wieder erstarken würde und ich wieder Angst haben müsste.

Anmerkung:

Ist es nun ein Segen oder eine Schande für mein eigenes Dorf, dass der Riese schlapp machte?

Traum:

Einsatzkommando, fangt den Holzhacker
oder helft dem Holzhacker.
Ein Film von meinen Seelen

La Palma war tief verschneit. Ich kämpfte mich durch einen halben Meter Schnee die Hügel hinauf. Wo die Pinien wachsen, gab es einen Meter Schnee. Im Pinienwald vermutete ich eine Strasse. Zwischen zwei hausgrossen moosbewachsenen Steinbrocken flogen plötzlich Hackholzstücke über den sauberen

Schnee. Ich dachte noch, wer verschmutzt so den schönen Schnee, konnte aber nicht nachschauen, so viel Hackholz flog durch die Luft.

Als der Holzhacker wegfuhr, konnte ich die obere Strasse erreichen. Die Strasse war mit der Schneefräse befahrbar gemacht, schöne gerade Schneeseitenwände, eine gut befahrbare Waldstrasse. Aber nirgends entdeckte ich einen Holzhaufen von dem Holz zum Hacken genommen wurde, alles war sauber und weiss, nur das Hackholz auf dem Schnee.

Es war windstill, ich hatte es gut warm, so ging ich die lange Waldstrasse hinunter zur Abzweigung ins Waldrefugio, es war wunderbar zum laufen.

In der Kreuzung waren zwei Militärtransporter geparkt. Ich stieg auf die Ladebrücke. Andere Soldaten stiegen auch auf. So wie ich, hatte jeder den Kampfanzug an und das Gewehr voll geladen mit Munition.

Ich konnte ihre Sprache nicht verstehen. Alle wussten aber, dass sie etwas bekämpfen oder erledigen müssten.

Auf der Fahrt über die Refugio Waldstrasse, wusste ich immer noch nicht, müssen wir nun den Holzhacker fangen oder ihm helfen beim Hacken.

Die Fahrt war lange, nirgends ein Holzhacker.

Ich schloss die Augen und klapperte mit zwei Harthölzern wie die Störche beim Brutgeschäft. Ich spürte wie die anderen mich verstohlen anschauten und lächelten.

Traum:
Die Luftfracht

Ich musste eine Fracht in einem Hafen abliefern. Mit einem eigentümlichen Fluggerät flog ich eine grosse Strecke an einer Küste entlang. Ich beherrschte dieses Gerät nicht, es war überaus schwierig zu steuern. Mein Copilot war sehr viel sachkundiger, aber er hatte auch keine Ahnung das Gerät zu steuern, er hatte grosse Angst. Ich packte den oberen Teil des Doppeldeckers und mit grosser Kraft konnte ich so steuern. Ich sagte zum Copiloten, ich möchte, wenn wir im Hafen ankommen, auf die hohe See fahren. Er flehte, bleibt doch hier, ich habe so schnell Heimweh. Ich tröstete ihn, ja ich bleibe hier. Als dann Spielzeugenten aus Holz mit den Hintern wackelten, machte ich mit dem Fluggerät diese Schwenker nach, wieder ängstigte sich mein Copilot. Ich sagte, macht doch Freude diese Schwenker, er war etwas empört über diese Spässe.

Anmerkung:
Leben und Seelenpartner reden über das Verlassen, um auf hohe See zu gehen. Das Leben bleibt zurück.

Traum:
Der Sohn der Nachbarin will etwas zeigen

Ich arbeitete in meiner Finca im Orte Irgendwo. Es war eine schöne Arbeit, ich war fleissig. Unten von der Strasse rief eine Frau, ähnlich wie Karin, ihr Sohn habe nun die schöne Arbeit fertig. Er fährt mit deinem Citroen Lieferwagen hoch zu dir, um sie dir zu Zeigen, wir haben es schön zusammengelegt und eingeladen.

Der Sohn von dieser Frau, der mir fremd war kannte meine Finca nicht! Bei der Kreuzung am Ende der Finca, hat er gerufen: „ Papa, ich weiss nicht wo ich entlang fahren soll, ich finde dich nicht."

Ich sagte, ich mache noch etwas fertig, dann komme ich herunter zu dir, ich weiss, wo du bist.

Auswertung:

Gerne gehe ich zu der Kreuzung hinunter, wo dieser Sohn, der mich Vater nennt, wartet. Jedenfalls erstaunt mich, dass dieser meinen Lieferwagen fahren kann. Er wird mir wohl die Arbeit über seine Seelenvergangenheit zeigen. Dafür möchte ich ihm meine Seelenfinca zeigen. Ich freue mich darauf, dass wir uns kennen lernen. Da wo mein neuer Sohn gewartet hat, beginnt zuerst die Fincaparzelle meiner Frau. Ich war in meinem Revier weiter oben. Er ist also zu Gast auf meiner Finca und doch mein Sohn.

Traum:

Der Hirsch

Ich war im Tal, so wie in der Finca. Da sah ich, gegen Norden, auf der Kuppe einen grossen alten Hirsch, er hatte ein riesengrosses Geweih auf. Er wanderte nach Osten.

Plötzlich hörte ich Hunde- und Menschen-

Geschrei. Sie haben dem Hirsch nachgestellt.

Auf einem ganz schmalen Pfad konnte der Hirsch unter der Kuppe bei einem grossen Eichenbaum unterstehen, er hat da ganz ruhig, vor dem riesengrossen Stamm gestanden. Ich konnte ihn vom Tal aus sehen und habe gehofft, dass die Jäger ihn nicht entdeckten. Sie haben geflucht und sind abgezogen.

Auswertung:
In der Indianersprache ist ein alter grosser Hirsch mit einem viel endigen Geweih der Repräsentant der Weisheit. Der erlegte Hirsch wäre aber keine günstig errungene Weisheit, sondern nur ein grosses Stück Fleisch. Der Mensch lebt aber nicht nur vom Fleisch allein, sondern auch von jedem Zacken Weisheit auf dem Geweih eines lebendigen Hirsches. Das ist lebendige Weisheit. Im richtigen Moment, ruhig am geschützten Ort zu verweilen, ist im passenden Moment auch eine Weisheit.

Traum:

Mein Geburtstag

Ich fuhr mit einem Lastwagen in einer grossen Halle. Der Lastenzug war sehr lang, wegen des Anhängers. Soll ich in der Halle, war ja genug Platz da, oder aussen parken?

Ich fuhr beim Schiebetor hinaus, aber ich habe die Kurve nicht ganz richtig eingeschätzt, das Deckbrett des Tores wurde etwas aus den Nägeln gezogen. Wie das Schloss des Tores dran war, habe ich nicht nachkontrolliert. Es hat mich geärgert, dass eine Havarie passierte. Die Sonne knallte auf die Strasse. Wegen der Ladung habe ich am Schatten der Halle geparkt, um etwas essen zu gehen und den Durst zu löschen. Das erste Restaurant am Berg habe ich ausgewählt.

Auswertung:
Meine Geburtszeit aus Seelensicht:

An jenem 18 August knallte die Sonne auf das Land. Meine Mutter musste mit Fahrrad und Koffer in das Spital fahren, besser gesagt laufen. Vater hat sich nicht gekümmert und meine Geburt an erste Stelle gesetzt. Er hatte sonst was Wichtigeres zu tun. Unterwegs hat Mutter Wehen gehabt, das Fruchtwasser platzte, fremde Leute haben sie aufgeladen und ins Spital gefahren. Kaum war man da, wurde ich geboren.

Traum:

Most abliefern

Ich fuhr zu einem mir bekannten Dorf. Ich hatte Mostbottiche auf dem Wagen. Ich fuhr anständig mit meinem Traktor. Der Wagen war voll, ich sah nicht genau, ob die Höhe des Wagens zur Rampe auch hinten gut war. Ich schaute nach. Derjenige, der den Most annahm, sagte: „ist schon gut, es geht so."

Ich habe nicht gesehen wie er den Most abgeladen hat, da war eine Trennwand. Ich fragte, ob ich helfen soll, den Most die Auffahrt in die Mosterei hochzuziehen! Er sagte, dass es ganz leicht ginge, Hilfe sei nicht nötig.

Drinnen bei der Waage musste ich dann warten. Eine hohe 5 Liter Sektflasche war mit meinem Most gefüllt, ich hatte Bedenken, ob das einen Abzug gibt, weil so viel Satz drin ist? Der Mann nahm die Flasche und schüttelte sie, es wurde naturtrüb, er trank und sagte, es sei alles gut, der Most sei gut. Eine 25 Liter Flasche hatte einen Sprung im Glas, aber der klare Most war nicht ausgelaufen. Die Frau der Mosterei begrüsste mich drinnen bei der Waage, sie schaute sich um und sagte, es sei alles gut so.

Auswertung:

Mit dem ausgepressten Saft aus den Früchten des Lebens fuhr ich in die Annahmestelle:

Seelenmann und Seelenfrau haben abgeladen, gewogen, Qualität und Güte geprüft. Es war alles in Ordnung, ein guter naturtrüber Most. Auch der Sprung im 25 Liter Glas, hat nicht gestört. Also der Sprung in der Schüssel hat keinen Abzug gebracht.

Traum:

Im Wassertank

Ich war in einem grossen runden Wassertank. Der Tank war fast voll, nur noch 50 cm fehlten. Ich kauerte auf der nur 5 cm dicken Eisschicht. Ich war wie gelähmt, rührte mich nicht. Zwei braune Pferdevorderläufe stampften nahe bei mir auf das Eis.

Auswertung:

Auf einen Durchbruch im Angstzustand zu warten, ist nicht nützlich. Das Leben soll nicht auf dem kalten Eis verharren. Das Spiel läuft und so sollte ich vom kalten Eis weg und aus dem Tank steigen. Es währe ja wohl auch ein unangenehmer Durchbruch gewesen.

Traum:

Am Geburtstag

Eine Frau, die ähnlich aussah wie meine Frau, hatte einen Kunden auf dem Hof, sie hat ihm die Gärtnerei gezeigt. Als ich in der Gärtnerei erschien, sagte ich nur so beiläufig: „mein Revier ist die Finca und das Energiemassieren."

Der Mann sagte, er sei mal bei einem Masseur gewesen, der hätte aber nur so rumgedrückt. Was dann geschah, war für mich eher ungewöhnlich, meine Frau verhielt sich gar nicht wie Karin, sie hat gesagt: „Der Hans ist ein grosser Meister mit Kraft und Energie." Als es darum ging, ob er nun als Kunde eine Massage nimmt, wollte er eine grosse Zigarre anzünden. Meine Frau hat ihn angehimmelt, eine prickelnde Situation. Ich dachte, die zwei hatten doch früher was miteinander. Meine Frau hat die Zigarre vom grossen Boss geschnitten und angezündet. Sie hat die Zigarre mit ausgestreckten Armen dem Besucher überreicht.

Erst da erkannte ich die wahre Grösse des Kunden. Ich hatte Sorge, bei einer Massage passt der doch nicht auf die Massagebank, passt der überhaupt in den Massageraum?

Auswertung:
Meine Seelenfrau möchte gerne, dass der grosse Boss, also der Seelenmann von mir Hans dem Leben eine Massagesitzung nimmt. Diesmal sind meine Seelen zu mir gekommen, weil sie etwas von mir wollten, dass ich sehr gerne geben möchte.

Traum:

Die Eintrittsmusterung

Ich war ein Arzt bei einer Eintrittsmusterung. Ein Arzt, viele Leute, ich hatte es eilig. Mit einer schwarzen Kreide habe ich die Schmerzstellen und schweren Energiedepots der Leute eingekreist. Mit einer roten Kreide, die Stichwunden, Axthiebe, Schusswunden, Amputationen, Enthauptungen und Strangulierungen. Die Leute mussten sich selber darum bemühen, was sie mit diesen verwachsenen Altlasten aus früheren Seelenzeiten nun machen, also ob sie mit diesen Informationen einen Handlungsbedarf darin sehen, solange die Kreide noch darauf ist.

Traum:

Zugelaufen

Ein Kätzchen mit langen Ohren so wie Susi, kam auf den Hof. In einer Wasserpfütze 35 cm tief und 2 m Durchmesser war dieses Kätzchen im Wasser stehend nur die Nase schaute aus dem Wasser. Es hat geschnorchelt. Als ich es aus dem Wasser nehmen wollte, sprang es auf. Vier bis fünfmal ist es wie ein Delfin mit Luftsprüngen zum Ufer geschwommen, hat sich zum Trockenen geschüttelt, gestrahlt und ist weggetippelt.

Anmerkung:

Das sind Seelengeschichten, die auch Menschen von Tieren sehen können.

Traum:

Auf dem Markt

Ein Mann kam zum Marktstand des Nachbarn Milan und wollte Erdbeeren kaufen. Es war Marktende und es hatte noch fünf Kisten mit jeweils zehn Schalen Erdbeeren. Sie waren nicht einzeln abgewogen und auch mit zuwenig Gewicht, auf dem Tisch. Der Mann fragte: "Como son los fresas, compro todo!" Niemand hat ihn verstanden. Da begann er energisch, Griechisch zu reden. Er hat Tacheles geredet. Die Verkäufer kümmerten sich nicht um den Mann. Ich ging zu Milan hin und fragte, wenn der alle nimmt, wie verkaufst du die

Schale richtig gewogen? Dreifünfzig die Schale, sagte Milan. So sagte ich zu dem Mann: „Todo junto, egalicado, tres cincuenta cada carton." Danach hiess ich die Verkäufer an, alles richtig zu wägen, keiner hat gemurrt, es war recht so.

Auswertung:
Manchmal ist es für alle besser als Vermittler und Übersetzer zu arbeiten. Nur Klartext in der eigenen Sprache, das heisst Tacheles zu reden, blockiert alles.

Bemerkung zu den Träumen

So wie die Seelen nicht sterben. So braucht eine Seele auch keinen Schlaf. Das Leben hat bei jeder schlafenden Zeit den kleinen Tod. Die Seelen können immer arbeiten und Filme drehen. Es gibt keine verwerflichen oder brutalen Träume. Solche Träume nicht zu deuten, weil es vielleicht beschämend wirkt, verschliesst wichtige Mitteilungen der Seelen an das Leben.

Manche Träume machen erst bei einer Fortsetzung einen Sinn und die Deutung kann manchmal erst später ohne Mühe für den menschlichen Geist möglich sein.

Solche Träume muss ich erst aufschreiben und einwirken lassen. Bei einer entsprechenden Gefühlssituation im Leben wird sie dann klarer und ich gehe hin und deute einen Traum. Durch die Träume erkennt man auch den grossen Unterschied zwischen menschlichem Geist und unserem

Seelengeist, der eigentlich so zum göttlichen Geist wird.

Dieser grossen Anstrengung wie ein Kommissar, unser eigenes Jenseits zu erforschen, steht der Genuss gegenüber, etwas hinter die Geheimnisse unserer Seelen zu kommen.

Das ist eigentlich die Suche nach Gott, dieses Suchen hat im eigenen Ich zu erfolgen.

Der Wandel im irdischen Geiste

Es ist ein interessantes Spiel, dahinter zu kommen, wie sich der eigene irdische Geist und Intellekt wandelt. Ausgelöst wird so ein Wandel, indem man Probleme und Marotten des eigenen Ichs auslebt und ausgekostet hat.

Danach können locker und sicher Altlasten der Seelen und des Lebens losgelassen werden. Die Vergangenheit unserer Seelen bringt dieses Spiel auf den Tisch des Lebens.

Altlasten im Leben entstehen durch die Einflüsse der Erbmasse, das Lernen und Fühlen durch die vorgegebenen Muster der Familie und der Kultur.

Das Zusammenleben in der Jugendzeit, kann auch Lasten erschaffen, die durch das Leben getragen werden.

Die Altlasten des seelischen Intellekts sind schwieriger zu erkennen. Diese Altlasten tauchen ganz unverhofft auf. (Unverhofft kommt oft!)

Im Leben alles was an Gefühlskonflikten erscheint zu behandeln, bringt Ruhe und Gelassenheit in die Seelen und das Leben.

Eigene Probleme die früher als schwer oder unlösbar erschienen, werden leicht und unwichtig.

In dieser Ruhe und Gelassenheit wird noch mehr Kraft gegeben, um das Leben und die Probleme zu bewältigen.

Wenn man das Leben und die eigene Vergangenheit betrachtet, gibt es mindestens zwei Bilder dazu. Entweder sieht man im Leben nur die Felle den Bach hinunter schwimmen, oder die Sorgen verschwinden wie ein Vogelschwarm in den Wolken.

Alle unerledigten Probleme aus diesem und aus früheren Leben erscheinen wieder. War ein Spiel zwischen Menschen nicht zu Ende geführt und ausgesöhnt, werden wahrscheinlich die Seelen von Mitzeitgenossen wieder in unser Leben treten.

Die Seelen von nahe stehenden Menschen, die auf unserem Lebensweg gestorben sind, spielen aber manchmal auch schon während wir noch leben, ein Spiel mit uns zu Ende. Dazu braucht es allerdings offenherzige Seelen.

Es werden die Karten von früher wieder verteilt, um zu sehen wie diesmal zu Ende gespielt wird. Erledigte Spiele werden beiseite gelegt und man trifft die Spieler später nicht mehr.

Inhaltsverzeichnis